CB137056

CLAUDIO DANIEL

MOJUBÁ

KOTTER
EDITORIAL

© 2021 Claudio Daniel
Kotter Editorial
Direitos reservados e protegidos pela lei 9.601 de 19.02.1998.
É proibida a reprodução total ou parcial sem autorização, por escrito, da editora.

Coordenação Editorial: Sálvio Nienkötter
Editores-executivos: Francieli Cunico, Rauk K. Souza
Editor-assistente: Daniel Osiecki
Projeto gráfico: Isadora M. Castro Custódio
Capa: Paula Villa Nova
Produção: Cristiane Nienkötter

Dados Internacionais de Catalogação na Publicação (CIP)
Angélica Ilacqua CRB-8/7057

Daniel, Claudio
Mojubá / Claudio Daniel. -- Curitiba : Kotter Editorial, 2021.
152 p.

ISBN 978-65-89624-07-3

1. Ficção brasileira 2. Orixás - Ficção I. Título

CDD B869.3

21-1025

Kotter Editorial
Rua das Cerejeiras, 194
82700-510 | Curitiba/PR
+55 41 3585-5161
www.kotter.com.br | contato@kotter.com.br
1a Edição 2021

KOTTER EDITORIAL

Este livro é dedicado a Scheila Sodré,
minha mulher, a Iúri e Alexia Bibi

I

Este é o caixote em que vivo; estes são os meus cães. O que guardo neste saco? A manta marrom, para as noites frias; o pacote de bolachas salgadas; algumas laranjas; uma garrafa de marafo; fumo de rolo; e um caderno velho, em que escrevo. Ninguém vai tirar o que tenho, esses poucos trapos, esses tristes trastes, nem bandidos, nem a Polícia Militar. Sou gente, não bicho. Às vezes, eu como; às vezes, não como; por isso, agradeço pelos pães, de coração; que Deus lhe dê em dobro. Vivo nas ruas, mas não sou da rua; vivo na lama, não vim da lama; vivo no lixo, não nasci no lixo. O senhor me acha esquisito? Então, me desculpe. Sou velho, sou fraco, sou aquilo que falo. E falo tão pouco, só para mim e meus cães. Falo daquilo que me lembro, e me lembro cada vez menos, até ficar desmemoriado. Quando perder de vez a memória, não haverá mais história. Tudo será escória, tudo será um longo silêncio. Porém, isso agora não importa, diz a boca torta da menina morta que está atrás da porta. Quem vai querer me ouvir? Não tenho nora, netos, bisnetos. Minha história é prosa de preto, coisa reles e nula, miuçalha miúda. Se tiver tempo, posso contar. Quer ouvir? Então, eu conto. Preste atenção.

Nasci em Cruz das Almas, filho de pai baiano, soldado de infantaria, e mãe mineira, cozinheira de mão cheia; estudei em escola de padre, tive amigos e amores. Moleque, jogava pedra em ninho de vespas, pitava escondido o cachimbo do pai, fazia xaveco nas moças, fugia da escola para nadar no rio, convencia o sapo a miar. Fazia tudo do avesso, por amor aos contrários, porque em terra de caolho, quem tem um cego é rei. O que eu mais fazia era tramar trapaças, dar falsos avisos, recados errados, pregar peças nas velhas, fazer os vizinhos brigarem e ficar assistindo, dando risada. Uma vez, saí na rua com um boné de duas cores, um lado preto, o outro, vermelho. Então, um vizinho disse: "veja João Mojubá com um chapéu preto", enquanto outro vizinho, do outro lado da calçada, falou assim: "veja João Mojubá com um chapéu vermelho". "O chapéu é preto!", gritava um. "O chapéu é vermelho!", berrava o outro. E estava armada a confusão. Eu tinha muito prazer em semear a discórdia, por tropelia. Fiz muita reinação com os meninos de minha rua, enquanto o diabo coçava um cisco no olho.

Foi nessa época que convivi com o Jerônimo, meu amigo, mano-maninho de arruaças, guri das pedreiras, moleque-trovoada. O senhor quer saber dele? Contarei depois, agora é a vez da minha história. Moço, depois dos quinze, dezesseis, fugi de casa; trabalhei na rua das putas como porteiro, para ficar de olho nas tetas das pretas; fui mensageiro, para ler escondido as cartas dos outros; guarda-noturno, para ganhar mais alguns trocados, e lutador de luta livre, o senhor acredita? Sim, porque gosto de uma peleja desde menino e sei muita capoeira, que aprendi com Mestre Moa do Katendê, nas rodas de Angola, no centro de

Salvador. Não levo desaforo para casa, não senhor, castigo o filho, o pai e o avô do malcriado, castigo o roto e o aleijado, dou surra de porrete no corcunda, dou surra de porrete no leproso, dou surra de porrete na viúva, dou surra de porrete em qualquer um que me olhar com o rabo do olho. Quem é moço, afine o seu pescoço, não engulo sapo, nem angu de caroço. O senhor, porém, é de boa paz, logo a gente vê; não é doido como as pessoas daqui, o demo lhes carregue de mala e cuia. O senhor é homem estudado, com diplomas. Então, vou continuar com a história, perdoe todas essas idas e vindas da fala, meu modo de contar é assim, feito casca de cebola; herdei a mania de minha vó Nanã, uma negra haussá que falava mais do que a nega do leite; falava endiabrada feito prosa de curupira com onça pintada. Ela gostava de fumar charuto, tinha visões com santos e falava coisas do tempo em que os escravos apanhavam no Pelourinho. Mãos e pescoço ficavam presos nos ocos da madeira, enquanto o chicote estalava dez, vinte, trinta vezes, até abrir a carne; até expor os ossos. Os coitados ficavam lá, sofrendo com o sol, açoite, cuspe, catarro; e o povo assistia, sim, o povo assistia, por farra de folguedo. Minha vó Nanã contava essas coisas; ela já viu passarinho de três asas, bode de doze chifres, mas nada era mais pavoroso que os suplícios na praça. Ela contava também as artes de moleca que aprontava, para se vingar; das coisas sujas que misturava na moqueca que os brancos comiam, sem saber; e ela só na risada. Saudades de minha vó Nanã, voinha. Com ela, aprendi provérbios, aprendi as cores das velas dos santos, aprendi os temperos para o caldo de feijão. Meu avô, dele nada sei: um dia, sumiu, ninguém sabe, ninguém viu. Foi como veio, pela curva do rio. Uns dizem que escapou da fazenda, foi morto e enterrado no mato; outros, que fugiu, caiu no mundão, encantou-se e virou jaguatirica. Sei nada disso, não. O que guardo dele é apenas esse amuleto de osso, cacareco de pouco valor.

Onde eu estava mesmo? O senhor me desculpe. Sempre me perco, quando lembro desses casos. Se me dão corda, falo mais do que a mulher da cobra; mais do que o homem do jacaré. Ah, sim, lembrei. Eu falava de meus ofícios; porque nem sempre estive nesse caixote, na esquina da rua Gregório de Matos, com meu saco de tralhas e os meus cães. Fui várias coisas, até vigia de porta de cemitério, para dar susto em assombração. Um dia, virei homem do comércio e abri uma lojinha, lá na rua das Flores, o senhor conhece? Sempre gostei de vender tranqueiras, juntar dinheiro; até já fui chamado de fominha, fuinha, mofino, mão-de-vaca, unha-de-fome. Esse povo fala coisas, fala demais, até o rabo morder a porca; até o parafuso dar volta ao contrário. As cobras sempre andam aos pares, mas fico sabendo de tudo o que dizem de mim, porque as portas têm ouvidos e as janelas, boca grande. Vão ver se estou em outra esquina, com cara de burro quando chove, bando de desocupados! Depois de abrir a lojinha, casei, descasei, viajei até o Benim e a Costa do Marfim para vender artigos importados em São Paulo, Rio de Janeiro, Belo Horizonte, Recife, Olinda, Salvador. Gosto de viajar, aprender novos provérbios, conhecer cachaças das cidades que visito e juntar trocos vendendo minhas tralhas. Vendia vestidos, lenços, leques, cangas, miçangas, caixinhas de madeira, gamelas de madeira, máscaras de madeira, tantos trecos e troços, até viver na rua, até ser homem de rua, do povo da rua.

Cada um tem o seu odu, escondido no oco de um búzio. Há o destino da formiga, há o destino da coruja e há o destino do macaco; há o destino do carteiro, há o destino do coveiro, há o destino do soldado; há o destino da nuvem, há o destino do assassino e há o destino do riacho. Por isso é preciso saber qual é a sua trilha, o santo que te guarda e te guia, para escapar dos tigres e encontrar as maravilhas. Todos os destinos são mostrados pelo maroto, pelo faceiro, pelo mensageiro, pelo capiroto, pelo cabeludo cujo coque lembra o membro do caralhudo. Ele sabe tudo de todos. Sabe de ti, de mim, de nossos desenganos e misérias, sabe o nome de solteira da lesma e o endereço da serpente. Qual é o teu odu? Eu segui a via das mudanças e viagens, fui pobre, fiquei rico, virei pobre outra vez, conheci terras em toda parte, até perder tudo, num último lance de dados. Vencer não é tudo, disse o cego para o mudo. Perdi casas, perdi coisas, perdi afetos e a honra. Agora, sou apenas um velho aleijado que vive nesta caixa, que o senhor vê; nela me encaixo, me encolho, me recolho, aproximo os joelhos do peito e inclino os olhos e o queixo, à espera de alguma moeda para comida, fumo e cachaça; não, eu não recuso nada disso, não senhor, ou já teria ido para a terra onde o vento sopra ao contrário. Minha amiga é a cachaça, ela é quem dorme comigo, esquenta meus ossos, minha carne; o fumo é para soprar no nariz dos deuses nuvens de fumaça. Se eu sofro com a solidão? O senhor saiba, eu não procuro pelo em ovo, chifre em cabeça de formiga, não beijo focinho de anta, nem dou nó em pingo d'água; se tem linguiça, eu janto, se não tem, jiboia dada, não se vê os dentes. O senhor tirou escorpião do bolso e me ajudou, muito lhe agradeço, mas não preciso de companhia, não; passo as horas aqui, com os cachorros, escrevo coisas no caderno, fumo e sou feliz, sem dar rasteira em cobra, fingir soluços ou tramar desmaios. A solidão e eu somos bons amigos, nariz de um, focinho da outra. Amigos da suçuarana, quero bem longe de mim; não dou leite para sucuri, nem crio corvos que arrancarão meu nariz.

Fico aqui, neste caixote, apenas esperando pelo dia em que voltarei a encontrar Jerônimo e Bárbara. Este mundo é pequeno como semente de cajá, pequeno como pinça de guaiamum, pequeno feito cocô de besouro, pequeno como o pinto do Pedro Paulo. Sei que um dia voltarei a encontrá-los; e ficarei sentado aqui esperando, até esse dia acontecer. Foram meus únicos amigos e não arredarei pé dessa calçada que fede a mijo de guariba até rever aqueles dois que são unha e carne comigo. Fizemos muitas coisas juntos, eu, João Mojubá, mais o moleque-trovoada, nos tempos em que vivemos em Cruz das Almas, quando éramos meninos. Depois, mudamos para Salvador, onde abri comércio, ele conheceu Bárbara, casou com ela e foram embora para São Paulo. Ele é do Direito, montou escritório de advogado na rua XV de Novembro, perto da Praça da Sé; ela, a moça-ventania, é modelo de revistas; eu fiquei aqui, com o meu comércio, e durante anos não recebi notícias desses dois afogueados. Loja cresceu, loja quebrou, perdi tudo num zás-traz e fiquei assim, como o senhor me vê, sem eira, nem beira, mão na frente, mão atrás, nenhum pássaro na mão, todos pássaros voando, cada um com o seu cada qual. Não reclamo, não senhor, porque não sou de queixumes e sempre tenho uma carta na manga, rei de ouros, rei de paus, rei de copas, rei de espadas, quatro ases ou coringa, e sei que tudo é do jeito do camaleão: tudo muda o tempo todo, menos o olho da lua, o olho do leopardo e o olho do cu. Hoje, não tem feijão fradinho no prato, nem bobó, nem caruru, mas ninguém sabe o que a terça-feira nos reserva; se na terça não comer, comerá na quarta; se na quarta não comer, comerá na quinta, e no sábado, o que será? Só Ele sabe, O que multiplicou pães e peixes e mudou água em vinho, Ele é o que sabe. Tudo está escrito, previsto, desenhado: até os fios de teu cabelo estão contados, diz o livro do cristão, até os pelos do sovaco e as linhas na palma de tua mão.

Sim, eu sei, o senhor é muito ocupado, não tem tempo para conversa de cotovelos; isso é coisa de gente velha e doida, palavrório não dá calça nem camisa para ninguém, nem para mim, nem para senhor, nem para o João José. Passarinho sempre morre pela boca e a moça morta monta guarda atrás da porta. Peço desculpas por todas essas divagações e agradeço pela bondade que tem comigo, pelos pães e ouvidos. Quem dá ao pobre, empresta ao lobisomem, já dizia Tiago Alaripe; vamos esquecer a escória, seguir com a estória e tirar todos os pingos dos ós e dos is, taturana só anda para a frente e siri só marcha para trás.

Jerônimo, filho de dona Janaína, era o menino mais danado da rua, estava sempre arrumando confusão, sim senhor, parecia cobra-de-vidro, cobra-de-fogo, fagulha de fogo-fátuo. Pintava cachorro de verde, escondia bengala da vó, jogava bosta no quintal da catequista, entre outras artes de Malazartes. Nunca vi esse menino calado, como se parado pagasse imposto ou perdesse um dente; nem conhecia o ditado, macaco que muito pula, o diabo vem dançar na porta. Menino-redemoinho. Gostava muito de comer quiabo, comilão que nem caapora, depois dava uma de cachorro magro e saía espantado, com cara de veado que viu caxinguelê. Carapanã desceu, pousou, encheu o bucho, voou. Prazer dele era brincar na pedreira de Jair Gilberto; corria ali feito doido em casa de maluco, juntava pequenas pedras, se achando o rei do calcário preto, depois atirava nas árvores, como se pedras fossem raios, edum ará. Jerônimo, moleque-corisco-arerê-confusão. Quando moço, vivia às turras, por nada, por nem nada, cuspia no olho da cobra só para ver o bicho fazer cara feia. Um dia, os capoeiras do Forte de Santo Antônio resolveram dar uma tunda nele, e foram a sua casa, no Rio Vermelho, para buscá-lo, mas o rapaz fugiu com artimanha: vestiu vestido da irmã, colocou peruca, maquiou o rosto, pintou as unhas das mãos, encheu-se de anéis, pulseiras e colares, saiu à rua, como se fosse moleca, passou pelos capoeiras e escapou de apanhar. Depois, riu muito do acontecido, malandro salamandro, santinho de pau oco, cheio de guere guere. Ele sempre me contava essas histórias, no boteco do Pedro Neves, eu era o seu amigo-irmão-oh-mano, companheiro de puteiros, sinucas e canecos. Medo, ah, sim, medo-pavor mesmo, de mijar marrom-amarelo, ele sentia apenas de assombração, e o senhor não ria. Aquele homem negro, alto, corpulento, com braços fortes como troncos de árvore, urinava-se todo, não tolerava Iku, Madame Morte, nem nada relacionado à Senhora das Facas, rainha dos eguns. Jamais entrava em cemitério, nem ia na casa onde tivesse falecido alguém. Quem é morto, sempre aparece, dizia voinha Nanã. Morreu cunhado de fulano, jacaré foi ao velório? A ema por acaso foi? Jerônimo também não. Inês é morta? Que vá em paz para o lugar onde o porco voa, ele que não iria pensar na morte da bezerra. Jerônimo não suportava o frio e a palidez do cadáver, o rosto imóvel, amarelo-cera e o sorriso idiota dos defuntos. Para ele, só havia a quentura, a soalheira, a lumieira, o fogaréu.

Jerônimo sempre foi muito bonito, sim senhor, o corpo todo encarnado, quase vermelho: olhava pra gente com olhos vermelhos, falava com voz vermelha, andava e dançava com pés vermelhos, era todo vermelhaço, vermelhão. Quando estava conosco, parecia um lumaréu, o senhor precisava ver, só faltava soltar labareda pela boca. Jerônimo dançava com todas as moças da cidade, dançava todas as danças, samba e frevo, forró e funk, alujá e lambada, e todas as moças sorriam para ele, todas as moças olhavam para ele, todas as moças queriam dormir com ele, por amor de amor. Primeiro foi a Joana, prima mais velha que perdeu uma orelha cozinhando quiabo, mulher brava, de poucos amigos, tão aborrascada que fazia sucuri fugir de medo; moça medonha, espantava o pirarucu do rio e fazia a maritaca se esconder no ninho do corucão. Uns diziam que era feiticeira, bruxa elecô, porque sabia tudo sobre ervas, conhecia a língua das árvores e conversava com os rios. Ciumenta? Sim, e muito, não deixava putana chegar perto de seu macho, virava bicho do mato, o senhor já viu as águas tigrinosas do rio? Ela era assim, água que vai, água que vem, água num vai-e-vem, tigre-de-água que corre bem, bem, bem, água feito fogo, fogo feito água, feito tigre-de-água, corre e corre num vai-e-vem.

Joana trabalhava em casa e na fábrica de segunda a sábado, menos no domingo, pé de cachimbo, quando se arrumava toda para o marido e colocava perfume de espanta-nigrinha. Era dura com quem devia ser dura, e suave com quem queria ser suave, pedra e flor, mana de suas manas, imiga de seus imigos. Se era bonita? Ele achava, quando casou com ela na igreja do Rosário, com as bênçãos de Nosso Senhor do Bonfim. Achou, mas desachou, logo ficou de mal e mandou a coitada de volta para a casa da mãe Joana: que tire o cavalo da chuva e vá se queixar com o arcebispo, lá onde Judas perdeu trinta moedas. A moça, que não era tão moça e se vestia com roupas do arco da velha, sofreu muito por causa de Jerônimo; foi-se embora, foi-se embora, transformada em rio de outrora.

Meu mano era assanhado, lampeiro, biscateiro de chibiu, não dormia com uma mulher só e logo se enroscou com outra guria, bem mais jovem, moleca bonita e atrevida chamada Conceição, casada com Jorge, que era mano dele. Preste atenção no caso que conto, minha missa é de corpo presente, não vou repetir outra vez. Jerônimo, o putanheiro, visitava o irmão serralheiro na sua oficina e não tirava os olhos dos peitos da cunhada mulata, que sorria faceira. Peitos bonitos, macios, com mamilos espessos, escuros. Jorge não percebia nada, só labutava nos ferros. Ele sabia tudo sobre metais, sobre o ferro e o aço, a prata e o estanho, o ouro e o bronze, era muito habilidoso, fabricava com as mãos qualquer coisa que o senhor possa imaginar, mas era muito distraído. Se ele colocava as barbas de molho? Nem as barbas, nem os pelos do sovaco, jacaré tomou cuidado na beira do rio? Jorge também não. Sempre que Jerônimo visitava o irmão, a cena se repetia, pense numa cena de cinema: Jorge ficava com suas ferramentas, só labutava nos ferros, e não percebia mais nada, nem os olhares de um, nem os peitos e sorrisos da outra, como se estivesse em outro mundo. Casa de ferreiro, espeto de pau. Um dia, Jerônimo pegou pela mão a moça de mel, senhora de todos os espelhos, e foi embora com ela. Passearam no Arempebe, Barra de Jacuípe, Guarajuba, Praia do Forte, Costa do Sauípe, Itaparica, Morro de São Paulo, gastando o dinheiro do marido da moça, que labutava nos ferros. Passavam o tempo tomando banhos de rio, banhos de mar, banhos de cachoeira, dançando e bebendo nas festas da praia, bebendo e fodendo nas areias da praia. Ela, menina mimada, não gostava de fazer nem nada, nem coisa nenhuma, só de receber carinhos e presentes: pulseiras e anéis, tiaras e brincos, colares e broches, de bronze ou de ouro, ela amava metais amarelos, vestidos amarelos, rosas amarelas, fitas amarelas, pedras amarelas e o amante negro vermelho. Ela, a dona de todos os rios, penteava os longos cabelos, lisos como as águas do rio, com discreto pente de marfim, curvo como as margens do rio, e ficava se mirando num espelho em forma de leque, claro como as águas do rio. Jerônimo era louco por ela, pelo umbigo, coxas e olhos dela, pelos peitos, joelhos e braços dela, pelo nariz, boca e queixo dela, por toda ela, do alto da cabeça até o lagostim vermelho que mora no racho da buceta.

Conceição era mais linda que um filhote de zebra africana; não, ela era mais linda que a alvorada na savana; mais linda que uma vitória-régia nas águas verdes do rio; mais linda que um brinco de jade branco ou anel de topázio negro; mais linda que o outro lado da lua, onde mora o dragão, e amansava o macho com os búzios de seus pequenos pés. Eles se amaram demais, como dois animais; eles se amaram demais, como o fogo queimando os buritizais; comeram um ao outro, como jiboias; beberam um ao outro, como rios dissolvidos nas águas do mar. Foi assim, foi assim, mel de amores com a pitéu-yabá; foi assim, foi assim, mel de amores com a pitéu-yami, aos toques de batá, toques de batá, toques de batá. Ele, moleque-trovão, ela, menina do rio, fogo dançando nas águas do rio. Eles foram ao fundo um do outro, no fundo do fundo, até que chegaram ao fim, assim-assim. Não houve motivos, nem casos assombrosos, desses que assustam o padre e a mulher do padre, o jacaré e a mulher do jacaré. Tudo acabou do modo que começou, nas sem-razões do inexplicável. Ao redor do buraco tudo é beira, o senhor sabe, sempre há o risco de alguém cair no embaixo do escuro. Meu mano hermano não era homem de uma mulher só, o buceteiro; precisava de outros amores, outros suores, outros incêndios. Amor, o senhor sabe, é inflamar-se; e ele logo disse adeus a sua dona e ardeu em outro lume. Conceição, a moça das águas, chorou e não chorou, xingou e não xingou, bateu e não bateu no tonto inconstante; rasgou as roupas do amante negro vermelho, vendeu para o turco os anéis e braceletes que ganhou do gajo, catou as suas coisas e partiu sem olhar para trás, para não virar estátua de sal, como a mulher de Ló. Quem vai embora, não embolora, dizia um mulato polaco, e ela se foi para o Rio de Janeiro, passar uns tempos na casa da madrinha, dona Aparecida. Foi e voltou, após alguns meses; estava mais linda, mais madura, e foi trabalhar num escritório de *design*. Depois falaremos mais sobre a moça de mel, o senhor aguarde.

Vamos prosseguir com a nossa história, porque o sapo não espera a canoa cruzar a margem do rio; não se finja de sonso e preste atenção no que eu conto, ou deixarei o senhor sozinho e irei cantar em outro canto. Pois bem, quantos exus cabem na ponta de um alfinete, o senhor sabe? Não, isso é coisa que jamais saberemos, exus estão em toda parte, dentro de mim, dentro da flor, dentro do estrume, dentro do gato, dentro do rato e dentro do estouvado. Sem Exu, nada acontece, nada se agita, nada se cria, nada se transcria. Agora, o senhor esteja certo: Jerônimo nunca está sozinho, o endiabrado, ele está sempre atrás de um rabo de saia, o xavequeiro. E foi assim que o alafim conheceu a menina-tempestade, vestida com panos nigerianos, o cabelo dividido em trancinhas, cobertas por um lenço vermelho. Era Bárbara, a nova namorada de seu irmão Jorge.

Moça nascida em Ilhéus, mudou-se depois para Salvador, onde trabalhou como modelo. O senhor pense numa moça linda. Agora, pense na maior lindeza que conseguir sonhar. Era ela, a moça-redemoinho. Quando Jerônimo a viu, enfeitiçou-se; queria consigo a mulher-ventania, moça-fogaréu, mina-tempestade, só tinha olhos para ela, só tinha ouvidos para ela, só tinha boca para ela; língua dele desejava a língua dela, e foram uma só língua; pele dele desejava a pele dela, e foram uma só pele. Pela segunda vez, Jerônimo passou a perna no serralheiro, sempre ocupado em ganhar dinheiro, e roubou a mina de seu mano-oh-mano. Jacaré respeita fêmea de parente? Nem o jacaré, nem a cotia, nem a cobra coral. Jerônimo também não, e levou Bárbara com ele. Jorge, o serralheiro, eu já disse ao senhor, era muito distraído. Ou cego, para assuntos de mulher. Pior cego é aquele que não sabe ouvir, ensina o Seu Salustiano, meu padrinho; quem não escuta os cheiros do errado, faz que nem pardal em ninho de papagaio. É como o povo fala, quem é descuidado fica pelado no meio do mato, sem cão e sem gato para puxar pelo rabo. O senhor desculpe minhas divagações; sou meio enrolado, como quiabo no prato, onde está o fio do relato? Ah, sim, deslembrei, lembrei: Jorge ficou furioso, o senhor pense num homem furioso, atacou Jerônimo com faca à luz do sol, no centro do Rio Vermelho, e os dois manos tiveram luta violenta, pense em dois tigres, pense em dois leões, pense em dois escorpiões, pense em dois homens cegos lutando. Eles rolaram nas pedras da rua, entre socos, chutes e cotoveladas, rolaram e rolaram até ficarem machucados, duas coisas vermelhas, duas coisas cortadas. Multidão de curiosos se formou para assistir à desatinada desavença, veio baiana da cocada, veio menino marreteiro, veio mãe de santo, veio dona da farmácia, veio pomba-gira, veio preto velho, veio cigano, veio marinheiro, e foi juntando mundaréu mundano, até os dois manos serem presos, por perturbarem a ordem pública. Jorge pagou propina ao delegado e saiu em poucas horas, mal-humorado. Melhor um desgosto do que um rato no bolso, dizia Tiago Alaripe, o abestalhado. Jerônimo ficou lá por mais tempo, até ser libertado, graças aos engenhos da menina-tempestade, que convenceu o senhor doutor a soltar o bicho bravo. Por causa dessa briga, meu mano e sua mina foram embora de Salvador, o senhor entende? Como dizia voinha Nanã, quem semeia ventos, colhe tempestades, e vendaval dura até o cu ficar quadrado e a girafa rezar padre-nosso ao contrário. Se Jerônimo voltar para cá, corre o risco de levar tiro ou facada; ele, o afogueado, mexeu com o irritado, colocou a mão na cumbuca e achou sarna de bunda para se coçar. O resto da história, o senhor imagine.

Jorge, o serralheiro, irado irascível, faísca de faca, é virado nos setenta e guarda certos rancores; eu dou um conselho ao senhor, que não me pediu nada, nunca ofenda Jorge, nem lute com ele. Se olhar feio para o buliçoso, com o rabo do olho, perderá o olho; se levantar a mão para o estouvado, ficará decepado. Com ele, a cobra fuma charuto e cospe na escarradeira. Ele segue ao pé da letra o que está dito no livro do cristão, dente por olho, olho por dente, eu não vim trazer a paz, mas a peixeira. É mais fácil a mula passar pelo buraco da agulha do que o irritado perdoar o insolente. Jorge é o nego da navalha, aquele que vence o dragão, que atira a lua do céu ao abismo, depois levanta a lua do abismo ao céu; com ele não tem nove horas, não tem ora veja, é tudo na sova-tunda-peleja, tudo fera e faca. Apesar das turras da discórdia, confesso ao senhor, que é moço cordato, eu acredito que um dia essa história será desmemória, deixada para trás feito peido de corcunda e ramela no olho da velha; passada a barafunda, os dois esquecerão do ocorrido e farão as pazes: são dois furiosos, dois exaltados, dois exasperados, dois irmãos. O senhor duvida? Acha impossível, doideira minha? Sou insensato? Oxe, mas eu acredito, sim, e continuarei aqui, em meu caixote de ripas velhas, esperando a volta daqueles dois, meu mano e sua mina, nem que tenha de esperar até o vento soprar vermelho. Toleima, tonteria? Tudo é possível, bananeira dar fruta-do-conde, macaca dar leite para filhote de onça, basta a gente acreditar. Este é meu pensamento, minha doutrina, o senhor escreva. Vamos aguardar.

Agora, o senhor me pergunta sobre a menina-dos-raios, menina-ventania, menina-tempestade. O que ela tem tão-de-só-dela, para motivar essa guerra? Que lindeza rara é essa, lindeza de raios e trovoadas? Oxe, o senhor é muito curioso, pare, viu? Isso não é esperto de sua parte, a xeretice matou o gato e matou o carrapato, ói sua vida, mas dessa vez vou responder, agora compreenda, não gosto de repetir o que digo. Bárbara é pedra, fogo de pedra vermelha; ela é búfala, pele e cornos de búfala; é vento, tudo que voa, tudo-que-vai-e- vem-no-vento. Pedra, sim, pedra, rosa e coral vermelho; rio, menina-do-rio, flor-da-verde-água, porque é suave e vigorosa, ribeira-de-curvas, negra-só-curvas; escura animala, mulher-búfala, patas de búfala firmes na terra, cornos erguidos contra a lua; e vento, vento ela é, frescor do vento, força do vento, mistério do vento, alfabeto do vento. Pele de Bárbara é como terracota, folhas do brinco-de-princesa, cheiro do pau-rosa, noites do Rio Vermelho; peitos dela são como duas ovelhas, como canta o Salomão a Sulamita no livro do cristão; peitos dela são dois montes, dois riachos, dois manjares para a boca do amante. Pés de Bárbara, quando ela dança, parecem fogos que nascem do chão, pós vermelhos na pele dos pés, anéis de cobre nos dedos dos pés; quando ela gira na gira, é moça-do-fogo, toda-vermelha, brilho da tempestade. O senhor pense, homem vermelho, mulher vermelha, tudo vermelho.

Quando eles se viram pela primeira vez, vento e trovão? Oxe, senhor aguarde, se não, me deixe, viu? Contarei a história, não me apresse, sigo o fio da memória. Jerônimo estudava leis, na faculdade; queria ser homem da justiça desde menino, em Cruz das Almas, para defender os pretos, os pardos, os pobres, os escorraçados. Vivemos numa triste terra, em que o lobo é o homem do lobo, em que a raposa faz de conta que é cabrito; terra de violência, terra de pobreza, terra de falsidade, onde caveiras medonhas de mortos medonhos mastigam os miolos medonhos dos vivos, dos mortos-vivos, dos não-vivos. Justiça aqui não há, nunca houve, haverá? O jacaré não sabe, nem a mutuca, nem o tatu, eu não sei, o senhor não sabe, e a conta do boteco para o João José. Isso tudo revoltava o meu mano, o teimoso, que vivia com a cara enfiada nos livros, lendo Platão, Aristóteles, Confúcio, Thomas Moore, Karl Marx, os filósofos todos, e participava de passeatas, greves e comícios contra as malvadezas de nossos governantes, sem medo de nada. Ele já levou porrada dos meganhas, foi preso uma, duas, três, quatro, cinco vezes, mas urutu serenou, abaixou a cabeça? Ele também não. Jerônimo é raio, constelação de raios, boca-que-cospe-fogo, ele nunca ficará parado, nem que a vaca tussa amarelo, ele nunca ficará calado, nem que o bezerro cante bolero.

O senhor não duvide.

Meu mano não gosta da mentira, tia de pernas curtas, dado de cinco lados, só aprecia a palavra sincera, que vem do coração. Nunca minta para Jerônimo, porque ele saberá; nunca minta para Jerônimo, com ele, é tudo preto no branco, ou é valete de espadas ou dama de ouros, ou é caramujo ou andorinha, cabrito bom só tem uma cara, duas caras é coisa do que vive na outra margem do rio; como diz o livro do cristão, que o teu sim seja sim, e o teu não seja não, porque o demais vem do cramunhão. Miúdos para mim, mortadela para ela e as sobras da moqueca para a Maria Mariela, diria voinha Nanã. Nunca soube ao certo o sentido desse dito, que a velha dizia a toda hora, então, vamos embora, quem chora, chora, quem não chora, embolora. Jerônimo é muito reservado, o senhor saiba, como se guardasse no fundo de um saco os pensamentos dele; mas, quando fala com a gente, diz as palavras justas, aquilo que é preciso ser dito, sem disse-ou-não-disse, sem chamego de formiga em cabeça de currupaco, só palavras afiadas como a lâmina do machado, sem bufas de cego perdido no tiroteio. E a verdade, o senhor sabe, é onça na beira do rio.

Vamos continuar com a história, antes que o senhor se aborreça. Onde foi que meu mano conheceu a menina-tempestade, a menina-ventania? Foi lá na Ladeira da Pedra Vermelha, num casarão colonial ocupado por moradores pobres, no centro antigo de Salvador. O senhor conhece essa ladeira? Claro que não; o senhor é paulista, moço estudado, não anda por esses lados, com medo de ser assaltado; pois eu lhe convido, ande mais por Salvador, conheça melhor a cidade. Não é só o Farol da Barra, Pelourinho, Rio Vermelho, Caminho das Árvores, Horto Florestal, visite também as ladeiras: Ladeira da Preguiça, Ladeira da Montanha, Ladeira da Conceição da Praia, Ladeira da Boa Morte, Ladeira da Pedra Vermelha, onde acontece a nossa história. Vou lhe contar desde o início, o senhor escute, não mato duas vezes o mesmo passarinho, não bebo duas vezes a mesma cachaça, nem conto duas vezes a mesma história.

Pois então: desprefeito da cidade, o moleque-malvadeza, queria demolir cinco, dez, vinte casarões históricos do centro de Salvador, onde viviam centenas de pessoas pobres, para fazer negócio com amigo dele, *mister* Joseph Smith, dono de construtora gringa, e não ligava a mínima de jogar moradores na rua, como se fossem lixo. Pobre, para ele, era o mesmo que preto; preto, para ele, era o mesmo que podre; pobre valia menos que bosta de mosquito manco, valia menos que coisa nenhuma. Com ele, só tinham voz raposa branca, rato branco, cobra branca, mosca branca e dólar verde de homem branco. Preto que se lasque, filho de égua vesga. Onde já se viu, moleque lazarento de chinelos, bermuda e bonezinho ter vista para o mar? Pobre que cave uma cova e nela se despedace, bicho da porra, essa era a doutrina dele, o desprefeito-malvadeza, neto do capeta.

Gafanhoto ficou quieto? Jabuti deu bom dia para o gato e entregou o casco? Caracol foi embora, foi embora, assim-assim, no ora-ora, ao deus-dará, no sem-nada? Povaréu também não, e quando o cujo-malvadeza mandou operários e tratores para fazerem a demolição, ninguém deixou não, e botaram o desprefeito para correr, o temeroso, ardiloso, desalmado. Mar de braços e pernas pretas e pardas ocupou as casas, para defender o que é de direito, o que é justo; mar de cabeças pretas e pardas, mar de mãos e pés pretos e pardos, como se pobres fossem peixes. Pense num mar cheio de peixes: pois ali estavam o apaiari, apapá, aruanã, barbado, bicuda, bachara, corvina, curimbatá, dourado, jacundá, todos esses peixes, e muitos outros peixes-pessoas, pessoas-peixes, peixes-no-sem-nada-pessoas, protegidos de Yemanjá, dona do mar e de mim. O moleque-malvadeza tremeu com o mundaréu, meteu os pés pelas mãos, viu a cobra sentar na almofada e fumar narguilé: saiu de lá correndo-correndo feito mula-sem-cabeça, mastigando fúrias de demônio contando sementes de girassol. Foi assim, foi assim do modo como lhe falo, e a história não acaba aqui, vou acender o fumo de corda, o senhor espere. Lembrei agora de uma cantiga de minha voinha Nanã, o senhor quer ouvir? "Cai a chuva / e traz-nos a bênção / do canto das rãs", era assim que ela cantava para mim, nas noites chuvosas, em Cruz das Almas. Lembrei dessa cantiga porque chovia muito em Salvador, chuvas do inverno de junho, pouco antes de Jerônimo conhecer Bárbara, na Ladeira da Pedra Vermelha; chuvas tão fortes que derrubaram árvores, invadiram casas, mudaram as ruas em rios, como se o mundo todo fosse se dissolver em água barrenta, cor dos pântanos de Vovó Burukê. E quem raspa os restos da água, hein? Só as lágrimas das rãs nadam nos filetes de água, é o ensinamento de um velho sábio nego nagô. Mas vamos voltar para a nossa prosa, o senhor não se aborreça, minha fala é tortuosa, como as águas do rio.

Foi numa noite clara, noite de lua cheia, no final da estação das chuvas, que meu mano encontrou sua mina, num casarão ocupado na Ladeira Vermelha, onde funcionava a Casa de Cultura Castro Alves. O casarão tinha muros altos, um portão de madeira maciça, paredes manchadas de bolor e janelas pintadas de vermelho. Toda semana, os moradores faziam lá algum evento cultural, com violeiros, cordelistas, capoeiristas, tocadores de tambor, dançarinas afro, o senhor precisava ver. Também havia cursos e oficinas de escultura, carpintaria e serralheria para a meninada do bairro. Bárbara e Jerônimo viram um ao outro num sarau poético que aconteceu ali, em apoio à luta do povaréu; ele estava de pé, no fundão da sala, assim podia dar escapadelas para fumar, durante as leituras, fumaroso de fumaréu; foi então que reparou na presença de Bárbara, uma jovem negra alta, magra, com um vestido branco rendado e um turbante vermelho na cabeça. Mano viu os ombros de Bárbara, duas palmeiras; mano viu os olhos de Bárbara, dois luzeiros; mano viu a boca de Bárbara, arco-íris de Oxumaré; mano viu os pés de Bárbara, duas iraúnas, e admirou os mimos e modos dela, admirou o sorriso e os dedos finos das mãos dela, menina-aragem, menina-viração, menina-que-dança-com-o-vento; e soube que aquela era a sua ela, a tampa de sua gamela, chinelo que faz par com o seu chinelo. Meu mano logo puxou conversa com a moça-pé-de-vento, mina das lufadas, e soube que ela fazia parte do movimento de moradores em defesa do casarão, alcunhado Casa Vermelha. Ele logo se ofereceu para ajudar, porque conhecia bem as leis; estava no terceiro ano do curso de Direito, e queria dar apoio legal ao poveréu. A mina das borrascas logo se interessou por aquele rapaz forte, de cabelos longos, que parecia um gigante africano, azulino-azulão, e saíram do sarau para beberem tequila, na Casa da Gamboa. Ela então contou para Jerônimo que já tinha namorado, e, para surpresa de meu mano, o outro era Jorge, o serralheiro, aquele que sabia ganhar dinheiro. A hiena se importou? A ema ficou enciumada? O porco-do-mato ficou aborrecido? Jerônimo também não, e continuaram a trocar olhares e números de celulares, até os confins da madrugada.

Nos dias seguintes, eles se encontraram outras vezes no casarão, para ajudar os moradores; levavam comida, livros, colchões, cobertores, mufunfa arrecadada em rifas, e a sombra de um se encantava com a sombra do outro, vermelho misturado ao vermelho, em amor de amor. E o desprefeito malvadeza, aquele-que-quando-dorme-fecha-um-olho-só? O coisa-ruim, não-sei-que-diga, aquele-que-chupa-sangue-de-cabra-e-cabrito, inconformado com a resistência dos moradores, alegou risco iminente de queda do casarão, sem mostrar o laudo técnico, sem dar mais explicações, e mandou povaréu desocupar o local. Operários e tratores iriam voltar para derrubar tudo, era preciso obedecer à intimação oficial, mas não foi isso, nem nada disso, o senhor entenda. Vieram estudantes, e acamparam lá; vieram arquitetos e urbanistas, e acamparam lá; vieram historiadores, e acamparam lá; vieram ufologistas, e acamparam lá; vieram capoeiras, e acamparam lá; vieram filhos de santo, e acamparam lá; vieram sindicalistas, e acamparam lá; vieram padres e coroinhas, e acamparam lá; veio mundão de mundaréu e ninguém queria sair de lá, até tombarem a Casa Vermelha, como patrimônio histórico do município. Não vão derrubar porra nenhuma, que se foda o coisa-ruim, o marquês-das-cobras. Daqui ninguém sai, daqui ninguém me tira, tatu não é gavião e bobó de camarão não se faz com sovaco de carneiro. Desprefeito malvadeza que vá cantar lundu em outra freguesia. E ponto.

Vieram jornalistas entrevistar os moradores, para a televisão; vieram correspondentes estrangeiros, de jornais franceses, ingleses, russos, japoneses, chineses, irlandeses, paquistaneses, todos interessados nessa história; vieram pastores, vieram umbandistas, vieram vigários, vieram monges budistas, vieram gregos e troianos para defender o que é certo, mas ninguém convencia o moleque-malvadeza, amigo do gringo, a mudar o vento das ideias. Ele queria derrubar o casarão, tijolo por tijolo, nem que fosse em cima das pessoas que estavam lá, quem espreita a cerca, dá a cara para as cobras, e quem dá murro em ponta de faca, depois não reclame se perder os dedos. Projeto do alcaide-ruindade era fazer na região um polo turístico e hoteleiro, para atrair turistas estrangeiros. Amigo dele, *mister* Joseph

Smith, tinha capital para investir, queria construir um grande hotel, que seria o maior de Salvador: teria restaurante francês, cassino, boate, hípica, quadra de tênis, sala de massagem, cinema e outras mumunhas mais. Desprefeito-pé-cascudo, o canhoto, o lá-de-baixo, só precisava derrubar os mocambos dos molambos, aplainar o chão, limpar a terra e cercar o terreno para começarem as obras. Como ele fez isso, perguntou o maneta para o caolho? Agora que o rabo torce a porca, é muito triste essa história, então escute, não vou repetir, isso me deixa amuado.

Numa noite-de-não-me-lembro, noite-de-só-escurez, estavam todos no centro da praça, num ato religioso ecumênico dedicado a Talita Totonho, travesti morta pelos meganhas.

Moça-menino de dezessete, dezoito anos, morta assim, nas balas do sem-motivo, das sem-razões, só porque a pobre nasceu macho, depois virou fêmea, e ficou macho-fêmea, menina-garanhão. O senhor se importa? A tampa da gamela se importa? A moça morta que está atrás da porta se importa? Nem eu, nem tu, nem o rabo do tatu: que cada um cuide do seu cu, e não opine sobre o cu alheio, mas vieram uns cagalhões fardados, se achando, se achando, ficaram incomodados com a pobre guria magrela, macho-de-peitos, e descarregaram nela socos, pontapés e balas de trinta e oito. Depois, foram embora, deixando o corpo nu da moça-não-moça jogado no meio do mato, contou o Zeca Urutu, moleque da farmácia, que viu o acontecido. Sumiram, sumiram, os meganhas medonhos, e nunca se soube deles, nem os nomes, nem as caras, nem nada, e o caso da morta ficou por isso mesmo, tudo como dantes no quartel de cervantes.

O caso comoveu a cidade; veio então o rabino, e chamou o vigário; veio então o vigário, e chamou o pastor; veio então o pastor, e chamou o o sheik; veio então o sheik, e chamou a mãe-de-santo, e assim todos vieram juntos para fazerem um ato de desagravo, cerimônia de adeus e último afago na alma da pobre, que agora está no orum com Oxalá, Obatalá, Orixanlá, aquele que come caracóis. O ato aconteceu no centro do Pelô, foi coisa linda de se ver e ouvir, aquelas roupas e rezas todas, aquelas cores e cantos todos, em tão diversas línguas, como são diversos os seres no aiê. Dizem que, antes de encarnar aqui, nesta terra miserável, a alma escolhe uma cabeça, e, com ela, um orixá, dono do ori, e um destino, um trilhar neste vale de lamentos; escolhe sem saber qual será esse caminho, que só conhecemos quando estamos aqui, no meio do redemunho, como dizia um mano jagunço mineiro. Pobre Talita Totonho, filha de Oxum, preferiu ser moça em corpo de menino; decidiu, sem saber, ser morta por intolerantes, que não suportaram contemplar a sua beleza.

Pois bem: enquanto o povaréu rezava na praça, pela alma da finada, o moleque-malvadeza, filho do cornudo e neto do tinhoso, se aproveitou da comoção para voltar a suas artes e maldades: operários e tratores voltaram à Ladeira, escoltados pela polícia, e dessa vez não foi aquela uma, dessa vez foi outra quase; derrubaram o portão de madeira, os muros e paredes, as colunas e cornijas da Casa Vermelha, colocaram tudo por terra, como se fosse a explosão do sol, estilhaços e entulhos por toda parte, poeira e barro misturados com tristeza e choro dos que viram a cena, no depois do acontecido, cão sem dono uivando para Dindinha Lua. Na desnoite do desmonte, meu mano e sua mina estavam na praça, ouvindo os cantos, as rezas e os hinos do ato religioso, em memória de Talita Totonho, que virou dona anja, pomba-gira, maria molambo; de mãos dadas, agora, um no próximo ao do outro, um sonhando com o outro, pele de um tremendo na pele do outro. Depois dos ofícios da despedida, voltaram para a Ladeira, debaixo de uma chuva breve, e viram o que o diabo fez com um olho aberto e outro fechado, um punho aberto e o outro escondido atrás das costas, jogo e logro de ogro. Tudo estava demolido, tudo fodido, tudo derrubado. Tudo estava acabado. E a história deles, apenas começando.

II

E a história deles, apenas começando. Depois do desmonte da Casa Vermelha, derrubaram mais duas casas, no segundo dia; três casas, no terceiro dia, e outras mais, nos dias seguintes, para a alegria do cujo-sem-nome, coiso-à-toa, moleque-do-surrão. Havia polícia por toda parte para afastar o povaréu, meganhas montados em cavalos, armados até os dentes. Foi cena triste de se ver, as pessoas reunidas ali, despossuídas, desesperadas, só vendo os tratores destruindo muros, portas, janelas, quartos, quintais. Povaréu rezava, chorava, corria na lama, debaixo da chuva, para escapar dos cavalos e cassetetes, povaréu corria ao desalento, à procura de qualquer teto. Uns foram para a Igreja de Santa Luzia, outros, para casas de parentes, alguns ficaram no meio do caminho, outros mais foram para os hospitais, bastante machucados, e uns coitados, presos por desacato. À noite, todos os gatos são pardos, todos os pardos são pretos, todos os pretos e pardos são caçados como ratos, o senhor não se espante, nem se faça de tonto ou de surdo. O pior cego é o que não sabe ouvir, dizia Seu Salustiano, meu padrinho, e quem dá nó em pingo d'água é homem que não tem medo de lobisomem. O senhor quer continuar a ouvir? Então, seguirei com a história, mas entenda, quando um burro fala, o outro abaixa a orelha, se não, vá comer bobó na barraca do buraco da velha! O senhor não se ofenda com minhas palavras, me desculpe, não vá embora. Hoje, estou meio amuado, como quem acordou amarrado ao bode preto, então, desconsidere a braveza, é coisa de gente velha, que já está no bico do corvo. Talvez eu já tenha os dias contados; talvez nem o morcego possa me dar a mão. Eu não cruzo os dedos do pé ao contrário nem jogo baralho com o desencarnado, por isso vou lhe contar tudo o que sei, se quiser, o senhor escreva, se não quiser, desescreva. O senhor quer ouvir? Pois então, onde foi que paramos? Ah, sim, no desmando do desmonte: meu mano e sua mina ajudaram no que podiam; fizeram campanha para arrecadação de alimentos, brinquedos, roupas, cobertores, para os infelizes, deram entrevistas para jornais estrangeiros, denunciaram os malfeitos do bode-preto, capa-verde, mal-encarado, e foram ficando cada vez mais juntos, um no dentro do outro, um no mais fundo do amado-amada. O amor, o senhor sabe, é assombrar-se com o misterioso; é bicho de sete cabeças, ramela de girassol, pestana de peixe, bagatela de abestados. A menina-ventania foi ficando cada vez mais junto do moleque-trovoada, assim como os escuros da tempestade ficam perto dos claros dos trovões. Onde um ia, o outro mia, sombra somada a sombra. Se um comia, o outro comia; se um dormia, o outro dormia, até que juntaram os trapos, os dois desordeiros, nos amores do agora-e-sempre.

Mano Jorge, o senhor sabe, ficou furioso; pense no lobo negro, na mamba negra, no polvo negro; pense no tição aceso, na peixeira-catana-do-japa, em coisas de doer. Jorge era irado, o malcriado, e quando viu a menina-ventania e o moleque-trovoada de mãos dadas no Mercado Modelo, a cobra fumou charuto, amalucou no aluar-se. Quem com ferro fere, com ferro será ferido, é a doutrina dele, o enfurecido. A briga dos manos eu já contei ao senhor; não vou repetir tudo o que disse, porque isso me deixa contrariado. O senhor se lembra que os dois manos rolaram nas pedras aos socos, em pau-caixola; também se lembra que foram presos, depois soltos, e é a partir daí que continuo o relato. Jerônimo cursava Direito; Bárbara estudava Moda; os dois faziam pequenos trabalhos, nas horas livres, para ganharem uns trocos: ele revisava livros jurídicos, ela dava aulas de dança africana. Juntaram então as somas que tinham e arribaram para São Paulo, cansados de discórdias. Devagar se vai ao longe, dizia Seu Salustiano, meu padrinho, e eles foram construir vida nova no lá-longe, no desvio-do-extremo, no alheio do recuado.

Eu fiquei aqui, com o meu comércio, vendendo meus tecidos, trecos e tralhas, e Jorge só nas turras da ira. Exu escreve torto em linhas certas, o senhor anote, todo acontecido tem o seu merecido, o seu necessário, até o número das nuvens está contado, ensina o livro do cristão. Nada acontece por capricho do inesperado, por birra do capiroto, do cara-de-fuinha, do cara-de-pum, cada um tem a sua trilha, fado e fardo. Tudo tem o seu depois, escreveu, não leu, pau comeu, quem se mistura aos porcos come farelos e leite de vaca não mata bezerro. Assim é a nossa sina, por isso, não se ria, nem se lamente, pelo que sucede. O senhor me pergunta sobre Jorge, o que houve no além disso, no assim sendo, no mais do ademais. Vou lhe contar a rota do roto, do rude, então escute. Ele não foi às rinhas de galo com o Pedro Paulo, nem encheu a cara com cachaça de alambique, não andou com vadios, em bocas-de-se-fuder, nem se tornou vezeiro em casa de muié dama, onde Zé Buceta peida na sala e caga na varanda. Jorge não bate palmas para ver maluco dançar, não senhor. Ele é homem sério, nunca duvide disso, e afogou as tristezas no ofício. Ele, aquele-que-nunca-descansa, sabedor de tudo sobre metais, capaz de forjar qualquer coisa que o senhor possa imaginar, mano-dos-ferros. Sofrer, ele sofria, nos dentros do lá dentro, mas agoniava silencioso. Nas noites de festa, tocava atabaque na Cabula, no Ilê Axé Opó Afonjá, o senhor conhece? Se nunca foi, visite. O mano de meu mano era ogã de Ogum e gostava da casa de Mãe Stella, que deu conselhos ao raivoso, palavras de mãos e búzios do Ifá, por graça de Orunmilá. Jorge tinha muita luz dentro dele, dizia a yalorixá, mas não sabia controlar a fúria, era teimoso e birrento, feito mula manca, o senhor considere. Um dia, eu o vi sentado numa mesa no Cigarro Café Gourmet, no centro do Pelourinho, vestido com camisa azul escura, comendo feijoada. Ele gosta muito de comer, o azuado. Cheguei perto, pedi para sentar, puxei conversa. Jorge é homem de poucos amigos, não sou passarinho, não ando em bando, ele dizia, não me finjo de morto para comer o cu do coveiro. Jorge é sujeito simples, direto; pedi a ele que me contasse tudo, sem a pressa de quem corre feito doido para tirar o pai da forca e a mãe do cabaré. Conte tudo, homem-oh-homem, falei. Jorge, então, me disse o que o perturbava. Era um sonho. Depois de todo o acontecido, de tantos temores e tumultos, de tanto amor e desamor, o que incomodava o serralheiro era o diacho de um sonho, que agora conto ao senhor.

Jorge teve um sonho pavoroso, capaz de assustar o padre e a mulher do padre, o jacaré e a mulher do jacaré. Qual foi o sonhar do mano-dos-ferros, aquele-que-cultiva-cajaranas? Jorge sonhou que voltava para casa, após longa viagem. Andarilho, vinha esfarrapado, esfomeado, mas ninguém na cidade lhe dava de comer, nem de beber, como se não fosse ninguém, nada de coisa nenhuma. As pessoas todas à sua volta, no centro da praça, pareciam mais mortas do que vivas: não se falavam, não se olhavam, não se tocavam, como se fossem pessoas-pedras. Pense em homens mudos; pense em mulheres mudas; pense em crianças cegas; pense em velhos cegos, todos mudos como pedras, todos cegos como troncos. Jorge, aquele-que-luta-com-o-moleque-trovoada, não estava acostumado a ser menosprezado, como se fosse cachorro do mato, leproso lazarento ou maria-amalucada e ficou muito zangado. Ele entrou no boteco de um português-não--sei-quem-nem-qual e pediu: queria o de comer, espetinho de linguiça, porção de feijão, couve, mandioca, mas o tatu anotou o pedido? A cotia lhe deu alguma coisa? Sucuri serviu um prato cheio? Dono do boteco também não, nem um naco de pão. Pediu então o de beber, mas não ganhou café, nem leite, nem água, nem mijo de baratinha manca. Perguntou ao menino do boteco, um moleque ranhento, porque ninguém falava com ele, mas o guri falou menos que jibóia; falou menos que a sobrinha do padre em missa de sétimo dia; falou menos que a menina porca que está atrás da morta. Jorge, o senhor sabe, vira o cão-chupando-manga, a manga-chupando-cão; quem olha torto para ele, perde o olho; quem zomba do iracundo, perde os dentes de trás e da frente. Nunca magoe Jorge, gente que bate bem não faz isso, o senhor acredite, quem canta seus males é anta. Jorge ficou irritado com todos aqueles filhos de cachaceiro, tirou o facão da cinta e cortou a cabeça do português do boteco, com fúria-oh--fúria. Jorge cortou as cabeças da velha caolha, da mulata das couves, do moleque ranhento, do neguinho ceguinho, sem oh nem dó desses desalmados. Cortou ao meio o João Ninguém, o João Sem Braço, o Zé Ruela, o Zé Mané, o Homem do Saco, a Velha do Relho, o Véio da Havan a Maria Vai com as Outras e só parou o arerê quando chegou um outro-não-sei-quem-o-cujo que disse para ele: moço, o senhor pare, o senhor deixe, o senhor vá embora, aqui nenhum ninguém ou algum alguma pode lhe falar, fizeram voto de silêncio, os coitados, para agradar ao santo cavaleiro que mora na lua, por devoção a ele. Jorge, o furioso, soube então o mal que fizera; ficou com vergonha de sua raiva, bateu com os pés no chão com tanta força que sumiu-se no assim-assim, foi-se embora do mundaréu-mundão.

Este foi o sonho de Jorge, tal como ouvi, e que agora conto ao senhor. Voinha Nanã dizia, nas tardes de Cruz das Almas: fulaninho amarrou o rabo da mulher do diabo ao pé da mesa para encontrar a prenda que perdeu. Todos nós perdemos algo--alguém precioso nas lacunas do sumiço, no desvio do extravio. Pergunte à pedra-de-ferro, à folha de caiçara, à folha de manga-espada; pergunte ao azulão, à ararinha azul, ao fungo-refugo, ao João José, a quem quiser perguntar. A chuva não molha só os bons e ninguém mede a cobra antes de matar. Uns perdem a reputação, a honra, o amor-próprio; outros perdem o pé-de-meia, a banha, o chorume; outros mais perdem a saúde do corpo ou da cabeça, que Omulu-Senhor-da-Palha os proteja, ou ainda perdem a casa, a mulher, o trabalho. Seu Salustiano, meu padrinho, dizia que viver é perder-se. O que o mano de meu mano perdeu não foi a menina do turbante vermelho, mas a quietude, o estar em si sem alarido. Sonho mostrou para ele os infortúnios do sem-limites, da meada emaranhada, do beira-abismo; agora, ele queria um caminho para serenar-se. Decidiu, então, se afastar da oficina, até esfriar um pouco a cachola; deixou Pedro Paulo, seu sócio, à frente do negócio, juntou uns trapos na mochila e foi passar uns tempos na casa de seu outro mano, Tião-Bastião-Tiãozinho, que morava no Sítio Alaketu, em Santo Amaro da Purificação. Quando meninos, eles estavam sempre juntos, seguiam trilhas no mato, acampavam, caçavam no massapé, nadavam nas águas do rio, depois corriam como doidos varridos, o último a chegar em casa é a mulher do padre. Eles viviam viajando para conhecer grutas, ilhas, lagos e cachoeiras, em lugares no depois do longe, em ondes no além do quando, até a casa da porra, para desespero da mãe deles, dona Janaína, sempre receosa de suas crias, soltas no mundinho-mundaréu-mundão. Os manos passearam por Amargosa, Nazaré, Itatim, Muritiba, Mutuípe, Jaguaripe, Aratuípe, Maragojipe, Ubaíra, Sapeaçu e muitas outras cidades, foram do arco do recôncavo até depois do arco da velha, até a casa de Nossa Senhora dos Ahs e dos Ohs. Quando alguém perguntava: para onde vocês vão?, eles respondiam, tinhosos: vamos para o Egito, a China, o Japão – mas os dois malandros nunca saíram dos azuis distantes da Bahia.

Tiãozinho era rapaz bonito, elegante, de quem as moças e moços gostavam; pele dele, muito lisa, quase sem pelos, de um escuro-lilás-noite-carvão; os lábios finos, delicados, dentes brancos de um branco-só-alvura, mãos de dedos magros e longos, a voz melodiosa, de quem cantava como passarinho. E os olhos dele? Olhos-de-gavião-voando-no-céu, olhos-de-leopardo-rugindo--na-mata, olhos-de-arqueiro-caçador, olhos-de-quem-acerta--sempre-a-flecha-no-alvo. Quando os dois manos eram jovens, o mano-das-matas levava o mano-dos-ferros para dançar no samba de roda, no frevo, no maculelê, e também o levava no xirê do bembé do mercado e em todas as festas de santo nas casas de axé, para iniciá-lo nas magias. Tião-Tiãozinho é feiticeiro. Ele conhecia as ervas, flores e frutas da mata; sabia tudo sobre o alecrim-do-campo, o pega-pinto, o quebra-pedra, o pau-d'água, a erva-pombinho, essas folhas todas, e preparava chás que curavam ressaca, soluço, torcicolo, amor sofrido, prisão de ventre, birra de beibei e praga de velha. O mano-das-matas sabia a hora exata de colher cada folha, sempre de dia, nunca de noite, sabia a cantiga correta para acordar cada folha, sempre de dia, nunca de noite, sabia o preparo certo a fazer com cada folha, sempre de dia, nunca de noite, para despertar o axé de cada folha da mata. Porque à noite as folhas dormem e sonham que são estrelas, e as estrelas dormem e sonham que são peixes, que dormem e sonham ser meninos.

O senhor anote o que falo, não vou repetir nada, por isso, não insista, nem jogue verde para colher maduro, pois então escute, que da missa eu ainda não rezei a metade. Tião-Bastião cresceu astuto, ardiloso, sabedor de todas as manhas da mata. Estudou Agronomia em Salvador, para agradar mainha Janaína, que desejava o filho doutor-de-diplomas, depois recebeu pequena herança dos avós e comprou umas terras em Santo Amaro, onde fundou o Sítio Alaketu, para se dedicar à agricultura orgânica, familiar. Ali tocava, com seus tios e primos, roçados de arroz, feijão, tomate e batata, que vendia bem cedinho nos mercados da cidade. Nos finais de semana, abria o sítio para visitantes e dava palestras sobre ecologia e economia sustentável. Tiãozinho era muito sabido. Todo mundo gostava de ouvir as palavras verdes dele, sua voz verde, sua risada verde. Vez-que-uma-ou-outra-vez, era convidado para ir às escolas conversar com os guris-piás sobre os males causados pelos agrotóxicos na lavoura: a terra adoecia, compadre adoecia, comadre adoecia, joaninha adoecia, tatu-bola adoecia, até o curupira, meu parente, ficava doente, com essas químicas dos satanazis. Tião-Tiãozinho contava tudo isso aos meninos e meninas nas escolas e falava sobre o uso racional dos recursos naturais, terra é nossa mãe, mainha, mamã.

Vou contar agora uma história escabrosa, o senhor não se faça de morto e preste atenção. Tempos atrás, em arredado decorrido, um francês das europas chegou em Santo Amaro e montou indústria, o nome dele agora deslembro, jean-pierre-de-la-putaine ou-coisa-que-o-valha, o senhor me desculpe, faz muitos anos, e o desalmado só emporcalhou a cidade com a fumaça fedida da sua fábrica dos infernos. Passava alguém na rua, tossia, passava outro alguém, tossia, passava zé-ninguém, tossia também, todos tossiam, até os passarinhos: o saíra-pérola, o bico-assovelado, o benedito-de-testa-amarela, o mutum-de-bico-vermelho... o senhor duvida? Pergunte à Maria Quitéria, ou à Maria Conga, ou à Maria Redonda, ou à Maria Cabinda, pergunte a essas pretas velhas, se não acredita no que falo. Os peixes flutuavam mortos nas águas do rio Subaé, por causa do chumbo que jogavam ali, era coisa triste de se ver. Quando chovia, rio transbordava, espalhando escória por toda parte. Crianças brincavam nas poças d'água com os pés descalços imersos naquela água de metais escuros. Gringo da porra, francês do caralho, enterrou dejetos até em terra boa, onde hoje se planta banana e mandioca, e ainda hoje o povo come refugo-de-chumbo na comida. Uns ficaram com a pele escamosa, acinzentada, homens-peixe, mulheres-peixe, crianças-peixe, por efeitos da contaminação; outros ficaram tortos, deformados, desconjuntados, fodidos por dentro, por causa desses metais do diabo. Tudo isso, Tião-Tiãozinho dizia em suas conversas com os guris-piás, para que eles soubessem o que acontece quando se ofende o meio ambiente. Quem magoa a mãe-de-todos-os-viventes, também será magoado.

Um dia, o prefeito da cidade, tiozinho viperino, sobrinho do moleque-malvadeza — aquele, o cu-renhido, o espalha-bosta, o culhudeiro escumalhado —, soube dessas falações e as proibiu, porque os abastados do município não gostavam desse tipo de assunto, o senhor compreenda: eram abundados, abundosos, abonados, patacudos, que roubaram terras dos tupis da costa e depois encheram o rabo de boró. Pois então os abastosos fizeram reunião com o manda-chuva da cidade e pressionaram para que acabasse a "doutrinação vermelha" nas escolas, isso era coisa de comunista, anarquista, islamista ou terrorista, Jesus Cristo nos proteja e guarde. E ninguém mais chamou Tiãozinho para conversar com os guris-piás nas salas de aula municipais, tudo mudo silêncio, ninguém diga um pio. Em boca fechada, não entra mosquito, dizia Dona Cotinha, minha vizinha, o seguro morreu de velho e quem cochicha, o rabo estica. Melhor fechar o bico e fazer de conta que o gato comeu a sua língua, como dizia Seu Salustiano, meu padrinho. Então, por acaso Tião ficou silencioso, logo ele, o-arqueiro-de-uma-só-flecha? Ficou nada-nadica-de-nem-nada, dizia o que pensava a quem quisesse ouvir, sem dar a mínima aos manda-merdas da cidade, sem pedir a bênção do alcaide santinho-do-pau-oco. Pobre sem orgulho é esterco de jumento, dizia, e continuou a entoar sua voz verde, sua palavra verde, sua risada verde, aos sete ventos, seja tudo verde-vendaval-ventania, eruexin de Yansã. E ao depois: Tiãozinho criou um canal no Youtube onde publicava vídeos com as falações dele, que todos podiam ver e ouvir, e assim ele continuou a falar para a gurizada, só para deixar os aramudos com iracúndia, o senhor ria risos de boa risada. Ele também escrevia artigos para um jornal pequeno da cidade, e não deu nenhuma bola para as ameaças que recebia dos ruralistas arrulhados. Tiãozinho era muito corajoso, podia ser morto com tiro de carabina, aqui nos brasis é assim, mas ele nem-nada, deixe que venham, dou conta de um, dou conta de dois, dou conta de três, ele dizia, dou conta até de quatro, deixe que venham esses jegues, o diabo que os carregue. E ponto, ninguém veio não.

Tião labutava, labutava, e nas horas-gordas-de-não-se-fazer-nada, o mateiro matreiro ficava no jardim atrás da casa azul-turquesa do sítio, fazendo suas artes. Ele pintava as paisagens naturais da cidade, as cachoeiras e árvores cobertas de flores, as estradas de terra vermelha e o sol batendo nas janelas das pequenas casas, mas também pintava retratos de santos, com uma perfeição que eles até pareciam estar vivos, o senhor não duvide, o senhor não deboche, o senhor precisa ver. Maria Antônia, que tem um brechó no centro da cidade, comprou um quadro de Tiãozinho que mostrava cinco anjos negros numa nuvem do céu, e morria de medo à noite, porque achava que os olhos dos negrinhos a seguiam, quando ela andava pela sala. De tanto medo-susto-pavor, ela devolveu o quadro, acovardada. Já o Chico da Botica ficou todo feliz com outro quadro de Tiãozinho, o retrato de uma sereia cabocla, com coroa de flores azuis e enormes tetas marrons com bicos cor-de-rosa. O boticário gostava tanto do quadro que à noite rezava ao seu anjo da guarda, pedindo licença para entrar na tela e deitar com a sereia-das-tintas, sua amada-de-rabo-escamoso. Ele queria dormir às noites dentro do quadro, abraçado com a sua meninha-das-águas, e depois acordar de manhãzinha em seu quarto, para labutar na farmácia, sonho dele agora o senhor conhece. Se um dia o Chico da Botica tomar chá de sumiço, e nunca mais voltar, eu e o senhor saberemos onde ele está, e com quem, não conte nada a ninguém. Rosa Aparecida, mulher do Joaquim, dono do açougue na pracinha, comprou outro quadro dele, um retrato de São Sebastião amarrado numa árvore, com o corpo todo flechado, flagelado, fodido. Nos inícios, ela sentia muita agonia de olhar para o santo, coitado, com o sangue a sair das feridas, o olhar voltado para o céu; mas não conseguia parar de olhar para o peito nu do santo, suas coxas largas, os braços fortes, a túnica vermelha, aquele rosto celestial... e enamorou-se dele, ficou tão encantada por ele, em amor-de-amor, que não conseguia mais fechar os olhos para dormir. Ficava insone, manhãs, tardes e noites, só olhando para o santo, suspirosa, até que um dia seus filhos jogaram fora a porra do quadro, enterraram o traste no aterro, e deixaram a mãe numa casa de repouso, até recuperar o juízo. E lá ela ficou, até hoje está lá, doidinha, desatinada, amalucada, sonhando com navios que voam como passarinhos, sonhando que come um naco da lua, esses sonhos de gente biruta. Depois desse caso inusitado, que parecia até obra do capiroto, do cu-rasgado, daquele-que-peida-quando-gargalha, Tiãozinho não pintou mais quadros de santos, só paisagens, e também não vendeu mais nenhuma tela, guardava todas em sua casa, num quarto fechado à chave, e não as mostrava para mais ninguém.

Tiãozinho, eu disse ao senhor, é feiticeiro. Pois bem, mas onde paramos, em nossa história? O senhor me desculpe, mas eu já lhe disse, esse é o meu modo de contar as histórias, então, tenha paciência e escute, para depois não sair por aí comendo moscas e arrotando mariposas. Jorge chegou no Sítio Alaketu, numa manhã chuvosa, trazendo mochila de trapos nas costas, todo tristonho, barba mal feita, cabelos desgrenhados, feito mendigo molambento. Tião-Bastião recebeu o irmão, convidou para entrar na casa, pediu que chamassem mainha Janaína, que estava na casa da vizinha, ofereceu licor e jogaram conversa fora, por várias horas, até a preta perneta da cozinha servir o almoço para eles. Tião estava feliz com a vinda do irmão, que não via há muito tempo, desde que o mano-dos-ferros se mudou para Salvador, onde abriu negócio. Conte tudo, mano, abra o bico, então palavra puxou palavra e o mano-das-matas ficou sabendo de tudo, dos amores perdidos, da briga com o mano-trovoada, esses destinos todos do mano-dos-ferros. Você então fique aqui no sítio, meu mano, por quanto tempo quiser, esqueça os azares e os pensares, ajude no trabalho do roçado, vamos carpir o mato, cuidar da horta, nadar no rio do sítio, mainha ficará feliz com sua chegada! E assim Jorge ficou no Sítio Alaketu, descansando as ideias, por uma, duas, três semanas, e muita coisa foi-e-não-foi em todo esse sucedido. Mano-dos-ferros serenou--se, alecrinou-se, não pensava mais na menina-tempestade, no moleque-trovoada; não pensava na oficina, na labuta dos ferros, só queria mitigar as dores, fazer-se nuvem, fazer-se rio, deixar o tempo passar até o colibri esmeraldar-se e a pedra cantar bolero.

Os dois-aqueles-dois passavam os dias nos afazeres do sítio, sem molequeiras, sem nigrinhagem, só na labuta nos roçados, até um dezembro, janeiro ou fevereiro em que Tião-Bastião conheceu Zanha Ossanha, caboclo que vivia sozinho numa cabana, nos fundos profundos do mato, no depois-do-lá-longe. Passarinho me contou que ele era bruxo, e mulher do passarinho confirmou. Zanha Ossanha nunca ia à cidade, nunca via ninguém, ficava escondido de todos, por causa da deformidade física dele. Uns diziam: Zanha Ossanha tem três pernas, foi vontade de Deus que ele nascesse assim, coitado, e fica sempre sentado fumando cachimbo, o Deserdado-deste-mundo. Outro passarinho me contou, e a mulher desse passarinho confirmou, que Zanha-Ossanha tem uma única perna e usa dois bastões de carvalho para caminhar, essas eram as três pernas dele. Porém, o senhor acredite, tudo isso são histórias que o povo e os pássaros contam, são imaginações de gentes que têm pouco o que fazer, cabeça vazia, oficina do diabo, e o tinhoso, o senhor sabe, come cu de curioso. Eu vi Zanha-Ossanha em pessoa, de olhar nos olhos um do outro, e ele é assim como eu e o senhor, tem duas pernas, dois braços, uma cabeça, vinte dedos, nem dezoito, nem dezenove, gosta muito de cachaça de alambique, fuma cigarro de palha, usa um lenço verde-esmeralda na cabeça, tipo bandana de japa-samurai-kamikaze, e passa horas cuidando de sua roça: ele cultiva alecrim, peregum, benjoim, abre-caminho, alfazema, são-gonçalinho, manjericão, garobinha, arruda, aroeira, guiné e muitas outras ervas, com as quais prepara chás e banhos, além de plantar mandioca e outras coisas de se comer. Há folhas que são meninas e folhas que são meninos, o senhor sabia? Pergunte a Zanha-Ossanha, se um dia o senhor se encontrar com ele, o que muito duvido, o senhor não tem coragem de ir até lá, no fundo-dos-escuros-da-mata. Cada folha tem um orixá, uma cantiga, um axé, mas apenas Aquele-que-é-o-dono-da-cabaça sabe o poder de cada folha.

Pois bem: aconteceu que um dia Bastião-Tião-Tiãozinho, numa de suas caminhadas no meio-do-sem-fim, encontrou o bruxo de três pernas, que são duas pernas, que não são uma só perna, e o caboclo-das-folhas ofereceu a ele uma bebida, que na verdade era uma poção mágica – foi isso que ouvi da Tia Maria Menina, que não mente nunca. Zanha Ossanha ofereceu a ele um chá esverdeado e o mano-das-matas caiu de amores pelo caboclo-das-folhas, em loucuras de amor-de-amor. Tiãozinho não pensava em mais nada, em ninguém, não queria fazer nada, nem labutar nos roçados, nem pintar quadros, nem nadar no rio, só ficava largado na rede, bestando, olhando no à-toa, no além-do-não, como se quisesse roubar estrela ou pescar nuvem no céu. Mainha Janaína perguntava o que tinha acontecido, e ele só murmurava sons que ninguém entendia, ficava de cara amarrada, camarada amuado, com jeito de quem viu boitatá dar cria na floresta. Num março desses, ou num abril, talvez num maio, já me falha a desmemória, Tiãozinho entrou na mata e sumiu, ninguém sabe, ninguém viu, e ele foi até a cabana de Zanha--Ossanha, no afã de ficar com o namorado, de não voltar nunca mais, de ficar deitado na rede com ele, nos para-sempres-do-eterno. Mainha Janaína ficou desesperada com o sumiço do filho, e pediu a Jorge que fosse atrás dele, que o trouxesse de volta para casa, que ele abandonasse os braços do bruxo. Jorge foi, falou, voltou, e Tião não quis ir com ele, não. O mano-dos-ferros disse ao mano-das-matas: você bebeu foi poção de bruxo, está enfeitiçado, está macumbado, está amalucado, está no sem-razão, e o outro respondeu: se isso for feitiço, o desejo que sinto, eu quero que dure para sempre, agora você saia, você vá embora, você diga a nossa mãe que ficarei aqui, nos fundos do mato, no jamais-do--para-sempre, que ela não chore, que ela não se apavore, que ela aceite isso que faço, minha escolha, meu fado, magia que não desfaço.

Isso foi o que sucedeu, do modo que ocorreu, e o diabo me coma o cu, se estiver mentindo. Jorge voltou ao Sítio Alaketu e contou à mainha a decisão do insensato, de amigar-se com o caboclo-das-folhas, aquele que tem três pernas, que são uma só perna, que são duas pernas, uma mais curta do que a outra. Mainha Janaína não chorou; a mãe é como o mar, tem imensidão dentro dela, guardou a mágoa e foi cuidar das lides da casa e ajudar a preta perneta com os preparos do almoço: cortar a cebola, misturar com o leite de coco, o amendoim, o caldo de camarão e as castanhas de caju, para fazer o caruru, depois fazer o dibô, canjica branca cozida em leite de coco, com mel e uvas brancas por cima, ou então a canjica refogada com azeite de dendê, cebola e camarão seco. Cozinha de Janaína era famosa na cidade, ninguém fazia quitutes igual a ela, o senhor precisa provar a moqueca de siri que ela prepara com suas mãos habilidosas. Quando não cozinhava, ficava sentada costurando roupas para a quermesse da igreja, ou bordava toalhas, panos de prato, lençóis, colchas de cama, fronhas de travesseiro, e sempre cantava baixinho, enquanto seus dedos deslizavam pelo tecido: *Iyá mi ni njé eran etú / Iya mi na ni njé era pepeyé*, esse era o canto marinho dela.

Janaína era mulher simples, como as ondas do mar, incapaz de ficar quieta, só sabia estar em movimento, como as ondas do mar, mulher marinha, mulher-toda-mar. Sozinha, administrava o sítio, fazia contas e pagamentos, comprava sementes e adubos, e Jorge ajudava a mãe no que podia: cuidava das ferramentas, afiava foices e facões, labutava na lavoura, estava sempre perto, como um remador da canoa da rainha do mar. E assim se passaram os dias e as semanas no Sítio Alaketu, na casa azul-turquesa, casa cada vez mais pesada, escura, silenciosa, como o fundo do mar; mainha dos manos foi ficando mudada, cada vez mais triste, com saudades do mano-das-matas. Jorge voltava do roçado e via Janaína distante e muda, metida com as suas costuras, os seus retratos de família, o seu canto escuro de sereia. O mano-dos-ferros resolveu então voltar ao lá-longe, em busca do mano-das-matas; que ele deixasse os braços do bruxo, pensasse na mãe e voltasse para ela, para os braços dela, para o os olhos dela, para as águas-de-água dela. Jorge jogou a mochila nas costas e botou o pé na estrada, seguiu trilhas até os fins do fim do mundo, no mar verde das matas, e então encontrou o mano fugido, socando pilão na cabana do caboclo-das-folhas. Mano--dos-ferros falou com ele certas palavras, palavrinhas, palavrões, os dois discutiram, se olharam como dois touros bravos e quase saíram aos socos, mas no final do sururu-desavença eles se abraçaram e voltaram juntos para casa, os dois manos. Tiãozinho disse ao amor-amado que não se amuasse, ele iria apenas visitar a mãe-cujos-filhos-são-peixes, pediu que o aguardasse, em seu fui-indo-e-já-voltei, na paz dos caminhos.

De volta pelo mato, os dois mal se falaram; um andava mudo, o outro seguia calado, até chegarem no sítio. Jorge correu para a casa pintada de azul-turquesa, para chamar a mãe. Ela largou a faca e as cebolas no mármore da pia e foi ver o que filho--dos-ferros queria. Jorge pegou a mãe pela mão e levou-a até a entrada do sítio, onde ficara Tiãozinho, fumando um cigarro de palha. Quando a mulher viu o filho caçula, não disse nada, nem moveu um músculo da face, ficou imóvel, só vendo o moleque negro-verde-vermelho. Janaína, o senhor saiba, é mulher orgulhosa e não perdoou a falha do filho: não lhe disse nada, depois apontou com o dedo para a estrada de terra batida e disse apenas: vá. Ela botou Tiãozinho para fora, que ele não voltasse, que fosse embora de vez, esse infeliz, que ficasse com o seu marido, o seu macho, o seu amásio, e não envergonhasse mais a família. Janaína é amorosa, o senhor saiba, é mãe que cuida das crias, mas, se for contrariada, é mar revolto, em noites de tempestade. Tiãozinho, então, deu as costas, tristonho, e foi embora. Voltou à cabana do caboclo-das-folhas, e vive até hoje com ele, feliz. Aqui acaba essa parte da história, não há mais o que contar do mano-das-matas, ele-que-foi-indo e nunca mais voltou. Jorge, o mano-dos-ferros ficou magoado com tudo e alguns dias depois saiu de casa também, de volta a Salvador e à oficina, para cuidar de seus negócios. Mainha Janaína só então ficou desesperada, sem os filhos que amava, chorou, chorou e chorou, até que num dia que era noite ela se transformou em rio. É o que diz a Tia Maria Menina, que nunca mente.

III

A mulher de água
traz limo nas espáduas.
Tem olhos de lagoa
e o corpo como um rio

Carlos de Oliveira

Ela transformou-se em águas-do-rio, na pele-branca-do-rio, no-vai-e-vem-das-águas-claras-do-rio, ela-mulher-que-dança-no-mar-e-no-rio, ela-a-mãe-cujas-crias-são-peixes. Seus filhos, todos, foram embora no-assim-assim, e ela ficou sozinha no sobrado azul-turquesa, ela-mulher-marinha, ela-fêmea-da-flor-da-espuma, ela-que-dança-vestida-de-branco-e-azul-de-prata-e-carmim. Mãe-de-todos-os-feitiços, ela vai chorar até a pedra cantar; ela vai calar até a água falar; ela vai sonhar até a cobra voar. Enquanto o vento ventar, ela estará na vigília, enquanto a lua luar, ela rezará suas rezas, enquanto o azul azular, ela estará à espera dos filhos. Se o vento estiver uivando, ela estará cantando, se a maré estiver subindo, ela estará sonhando, se o sino estiver tocando, ela estará sorrindo, e o senhor não zombe, e o senhor não ria, e o senhor respeite a sereia-sem-as-crias, aquela-que-ama-fumo-e-perfumes, a senhora-das-águas-e-das-luas. O que houve com seus filhos, yabá, dona-dos-dons-e-das-dunas, onde estão? Eles fugiram, yabá, para a sombra da noite? Eles fugiram, yabá, para os fundos do mar? Ela chorará até as lágrimas virarem conchas; ela chorará até as conchas virarem rosas; ela chorará até as rosas virarem a espuma branca das ondas, em seu fluir e refluir, em seu devir de água-de-águas.

O que houve com os seus filhos, yabá, onde estão?

O filho-negro-vermelho foi viver no lá-longe com a menina-ventania; o filho-da-mata-escura fugiu para o-fundo-da--sombra, para a-curva-do-vento, com o seu macho-marido, aquele-que-tem-três-pernas-que-são-uma-só-perna-que-são--duas-pernas; e agora o terceiro, filho-da-fúria, juntou os trapos e caiu no mundaréu, ele foi para onde, yabá? Aquele-que--foi-veio-vindo-já-voltou, foi para onde, yabá? Se o senhor não canta, o medo não espanta, se não corre, um dia cai e morre, se não for embora, fica velho e embolora. A mãe-dos-peixes espera cantando a volta de suas crias.

Jorge andou pela estrada de terra molhada, maravilhado com a luz da manhã, as flores imprevistas na mata, os lagartos que corriam num tronco de árvore, mandruvá, marandová, as chuvas amarelas de borboletas, até chegar ao ponto do ônibus que o levou de volta a Salvador. Ele-o-enervado, o senhor sabe? Aquele-que-dá-nó-em-rabo-de-cruz-credo não ficava muito tempo numa banda, não senhor, sua sina era o vaguear-vagueante-de-onda, sem arribação. Agora, ele-o-lampeiro sentia que era tempo de voltar para sua casa, tempo de serenar-se. Ele já não sentia as raivas-de-flama pelo negro-lume-fogaréu, nem pela mina-rosa-ventania; que fossem felizes, os infelizes, lá no beco do olho-furado, pensou ele-o-buliçoso.

Ogun ajô e moriwô / Alakorô ajô e moriwô / Ogun pa lepá non / Ogun ajô e moriwô / E maa tu eivê, ele cantava e se encantava. *Ògún laka aye / Osinmole / Olomi nile fi eje we / Olaso ni le / Fi imo bora / La ka aye*, ele cantava e se encantava, ele-o-filho-do-ferreiro. O sempre-irado pacificou-se, desturvado, em manso remanso, e voltou para a sua morada branca e vermelha na rua do Silêncio, onde amou e desamou suas mulheres, onde martelou no ferro os lumes-do-colérico, onde anuviou-se e desanuviou-se, desamotinado, destenebroso: *Moju re / Ma je ki nri ija re / Iba Ògún / Iba re Olomi ni le fi eje we / Feje we. Eje ta sile. Ki ilero / Ase*, ele cantava e se encantava.

Jorge ouviu os conselhos de Tia Maria Menina, antes de seguir viagem, os cantos, rezas, palavras todas dela, a-preta-que-bebe-café-coado-e-fuma-cachimbo-sentada-no-banquinho. Ela-a-preta-corcunda jogou o baralho cigano para ele-o-inquieto, no antes de seguir viagem, no antepé do apressado; cortou o maço de cartas velhas, espalhou todas elas na toalha branca de renda sobre a mesinha vermelha e tirou quatro arcanos, dos maiores: o Louco, o Hierofante, a Torre e o Mundo, e a-negra-velha-que-nunca-mente disse ao estouvado:

– O Louco é o andarilho maltrapilho, o insano-insensato, aquele-que-anda-para-o-abismo-olhando-para-trás, ele-o-imaginoso, ele-o-maroto, aquele-que-sempre-se-veste-de-azul-branco-e-vermelho, aquele-que-não-tem-um-gato-para-puxar-pelo-rabo, ele-o-que-caminha-caminhando-com-mochila-nas-costas-apoiado-no-bastão: o louco é você.

E prosseguiu, a crioula-negrume-fumadora-de-angola:

– Fuja do fogo-luz-loucura, do espanto-cegueira-brancura, da faca-que-corta-os-dois-olhos, veja o-depois-do-acontecido, não pense naquilo-que-doeu-nos-ontens-de-anteontem, enterre cada morto em sua cova, prenda cada cão no seu canil, guarde cada letra em seu abecedário, não lute com os lobos, nem durma com os corvos-um-dois-três-quatro-muitos corvos. Isso é o que disse ela-a-preta-velha-corcunda, o senhor acredite.

– E a segunda carta, voinha, o que diz?

– Ele é o velho-que-também-é-jovem, o ele-menino-que-também-é-ela-menina, a noite-escura-que-também-é-branca-manhã, o-santo-vermelho-e-azul, a-barba-branca-do-santo-vermelho-e-azul, a cantiga, as folhas e as rezas do santo-vermelho-e-azul. Ele-é-o-que-diz-a-boa-palavra, aquele-que-não-engana-os-outros, o-que-pode-perdoar-até-o-imperdoável, ele-o-genuíno, nele você confie, nele-o-ponderado. Se ele contar o que disse o vento, se ele mostrar para onde foi a formiga, se ele disser ao avô quem será o seu bisneto, pode escrever as palavras dele, tão verdadeiras quanto o xadrez das estrelas.

– E a terceira carta, voinha, o que diz?

– É o baque do tombo, o declínio, a cambalhota, o derriço da quebrada, a fosquinha do rabicho, a desgraceira da bossa, você considere, é o conflituoso, mas também é o depois do tombamento, é o raio de Yansã, o desafio-contenda, a queda e subida dos magos, então você considere, repense os pensares e os imaginares, siga pé ante pé na sensatez do fundamentado, tudo é estranho nesse mundo-aiê, como um gato vesgo de três cabeças.

– E a quarta carta, voinha?

– É o limiar da ombreira, a vereda da lonjura, o arco-íris de Oxumaré, você compreenda, é o este e o aquele, o isso e o aquilo, os presumíveis e os improváveis, até o inacreditável, mercê de Obatalá, aquele-que-come-caracóis, o-ele-que-berra-quando-acorda. Este é o desenlace da peripécia, o desfecho do enredo, o desenredo, a artimanha, é o dom e o dano, então você mude sua rota, lave seu rosto, jogue os restos para os ratos e brilhe no luzir do transformar-se. Estas foram as palavras de Tia Maria Menina, aquela-que-nunca-mente. Jorge ouviu a voz escura da velha, voz de cachimbo, catarro e cachaça, jogou fora o mago-ar-se, encosto-de-moleque-coisa-ruim, e começou outro início de sua história. Ele-o-caminhante não sabia de quase nada, só caminhava, no encantar-se.

* * * * *

Jorge andou pela estrada de terra molhada, maravilhado com a luz da manhã. Seguiu pelo chão de pedra e areia, de mato e barro, de mato e areia, vendo as aves azuis no céu, as árvores magras com bagos de amora, as nuvens que formavam desenhos de mapas imaginários, as formigas que percorriam o caule de uma flor, até chegar ao ponto de ônibus que o levou de volta a Salvador. Uma vez na cidade, largou a mochila em sua casa branca e vermelha, tomou banho, mudou de roupas, barbeou-se, tomou uma xícara de café bem forte e caiu na rede branca rendada, com uma insuspeita tranquilidade. Pensou em mãe Janaína, no mano Tiãozinho, no rio do Sítio Alaketu, nas palavras da Tia Maria Menina, e adormeceu. Na manhã seguinte, Jorge acordou cedo, brincou com seus cachorros e resolveu visitar o doutor Lázaro, Zico-Lazinho, Zeca-Ziquinho, que foi seu irmão de criação, estudou Medicina em Havana e hoje tem uma clínica na rua da Cabeça. O senhor conhece essa rua, já foi lá, no-antes-de-e no-depois-de-lá? Se não foi, precisa ir, para conhecer mesmo Salvador. Na rua da Cabeça, sentimos todos os cheiros, os de alecrim, manjericão, alfazema, hortelã, cheiros de rosas brancas, vermelhas, amarelas, cheiros de frutas frescas, de melão, graviola, melancia, fruta-do-conde, umbu, jaca, manga rosa, maracujá, carambola, jenipapo, todos esses cheiros, misturados ao xexéu das morenas ganhadeiras de saias brancas e tetas escuras, que vendem seus doces em pequenas barracas de lona e madeira. Na Rua da Cabeça o senhor encontra de tudo, conhaque, cachaça, licores, mel silvestre, panos coloridos, velas e fitas para os santos, tiaras, pulseiras, anéis, colares, e ainda, ao longo da rua, salões de barbeiro, engraxates, quitandas, botecos que servem peixe assado, moquecas, bobós, café preto e forte, chás de ervas, aqui o senhor encontra de tudo, até o que não deseja comprar. Na sobreloja de um prédio branco muito antigo está o consultório do Dr. Lazinho, alcunhado o-médico-dos-pobres. Ele está sempre vestido com um terno branco, mais branco que as nuvens do Abaeté, mais branco que a espuma do Abaeté, mais branco que as pedras e areias do Abaeté, usa um colar de sementes de palmeiras pretas, um chapéu de palha, fuma cigarros de palha, calça chinelos de palha, é o médico-das-palhas, curador-das-almas-de-palha.

O senhor sabe a história dele, não sabe? Se não, vou lhe contar, o senhor preste atenção. Lazinho nasceu numa quebrada muito pobre, num barraco coberto com teto de palha; dizem que sua mãe, Dona Buruku, a encurvada, o abandonou, ainda bebê, quando viu em sua pele as manchas de varíola: pequenas flores brancas, minivulcões, flores-pústulas, como dragões ou pipocas. Ela ficou enojada com a forma disforme da pele do moleque e o levou até a praia, onde o largou, aos cuidados de quem o achasse e criasse, a desalmada. O mar tudo recebe, o senhor sabe, o mar vai, vem e devolve, o mar cuida, o mar protege, o mar mata, o mar faz aquilo que ele quiser, o senhor escreva. Sorte do negrinho largado na areia foi que mãe Janaína estava por lá, ficou com dó do menino manchado feito onça pintada e resolveu adotá-lo. Lazinho recebeu mimos e cuidados, ficou curado, viveu no Sítio Alaketu e foi criado junto com Jorge, Jerônimo e Sebastião, como se fosse irmão deles, sal da mesma mina, sangue do mesmo céu. Um dia, aos quinze anos, o guri endiabrado resolveu fugir de casa, para fazer o que lhe desse na cabeça, o senhor imagine. Ele era bem alto, parecia ter mais idade, e fez todo tipo de bico, vivendo na rua, para ter o-de-comer-e-o-de-beber. Foi engraxate, catador de latinhas, vendedor de picolé, olheiro--de-puteiro, fez de tudo, até pediu esmola no farol vermelho, o desmiolado. Aos vinte anos, o encrenqueiro homenzarrão virou farrista, mulherengo, xavequeiro, saía com todo rabo de saia e pegou as doenças-de-cabaré que o senhor pode imaginar, herpes, gonorreia, cancro-mole, o diabo me fure os olhos, se eu estiver mentindo. Largado pelos amigos de má vida, súcia de bandalhos, voltou para casa de mainha, no Sítio Alaketu, do mesmo jeito que chegou na primeira vez, com o corpo todo marcado, uma mão na frente e outra atrás. Janaína ficou tão feliz com o filho fujão de volta a seus braços que cuidou dele até que ficasse são. Lazinho ficou tão cismado com as moléstias que marcaram seu corpo que resolveu estudar Medicina, para aliviar a sofrência dos outros. Mas isso é no depois, o senhor espere eu contar, não seja apressado, se não quiser ter o cu fatiado como se fosse quiabo. O moleque virou moço, cresceu forte, bem nutrido, negrão corpulento, mas ele se achava medonho, por causa das pestes de que sofrera; ele pensava que era um mal-parido, desenxabido, desgracioso, e fugia do convívio com os outros, ficava no isolado só dele, em conversas consigo mesmo.

Um dia, houve uma festa no Sítio Alaketu, vieram rapazes e moças de toda a zona da mata, para dançarem o maculelê, o maracatu, o forró, o samba de roda, o samba-reggae, e Lazinho ficou contrariado, porque não suportava os rebuliços do fuzuê. Para não ter de dançar com as moças, resolveu se disfarçar, e cobriu o rosto e o corpo com uma fantasia que ele mesmo criou, toda feita de palha. Ele virou o homem-das-palhas, aquele-que-não-é-humano, ele-o-esquisito, ele-o-indesejável, aquele-o-dançarino-que-não-dança-com-ninguém, aquele-o-horrendo-que-não-fala. Porém, a fantasia não teve muita serventia, só despertou o fogo-no-chibiu de uma menina morena, filha de Oyá-o-Vento, que não tirava os olhos daquele gigante palhudo, como ele seria, debaixo das palhas? E ela foi dançando, e ela foi dança-vermelho-dançando, e ela foi gingando, e foi se atirando sobre o moreno-do-palheiro, até tirar a fantasia dele, rasgando-a toda, aos pedaços; e a moça viu as mãos do palharudo, com dedos longos e finos, unhas bem cortadas; e viu os braços grossos e peludos do palhadalho; e viu o peito nu cheio de tufos escuros do homenzarrão-das-palhas; e viu então o rosto dele, os olhos doces, o nariz pequeno, a boca larga daquele-que-anda-vestido-de-palhas; e viu o pau duro dele, a pica, a piroca, a rola, o caralhão, o porongo, o minhocuçu, e a moça se ajoelhou e chupou o membro dele, até receber o jato de porra na boca, nos olhos, na face. Desde esse dia, Lazinho nunca mais se escondeu das moças, porém, gosta de ser discreto, ficar longe de fuxicos, de lero-leros, prefere ficar no lá-longe-quieto, com o seu colar de cauris e o seu cigarro.

Foi no-depois-do-além-disso que o negro-negrão-das--palhas resolveu correr o mundo, para saber o-de-trás-e-o-de--frente, o-de-cima-e-o-debaixo do mundaréu-mundão. Com a bênção de Janaína e os dinheiros que juntou no comércio de pérolas e pedras preciosas, ele embarcou para a África, visitou Benim-Daomé, Nigéria, Togo, Serra Leoa, depois foi para as Américas, conheceu o Peru, Bolívia, Colômbia, subiu rumo ao Caribe e demorou-se na ilha-de-castro-fidel, onde estudou e trabalhou. No final de seu período de residência médica, caiu de amores por uma niña negrita cubana, sacerdotisa lukumi, hija--de-nuestra-señora-de-la-cadena. Maria Oyá Biniká estudava História da Arte na Universidad de La Habana e era devota da senhora-do-citrino-da-terracota-e-do-quartzo-rutilado. La negrita vestia-se sempre de vermelho, usava sandálias vermelhas, pulseiras de contas vermelhas, unhas vermelhas e así toda roja y escura ella passeaba con el chico brasileño por las calles de La Habana, sempre de mãos dadas, en amor de amor. Tudo começou na manhã em que ela levou o preto-das-palhas até a Sorveteria Coppelia, onde eles tomaram helados e observaram rindo um grupo de meninos em uniforme escolar fazendo algazarra nas poças de la calle. No caminho de volta para casa, ele beijou a negrita, como na letra de uma rumba ou bolero. Nos dias e noites que se seguiram, por sete meses e sete semanas, eles jantaram no restaurante La Guarida, onde é servida a melhor carne de Havana, beberam na Bodeguita del Medio, frequentada por Hemingway y otros manos borrachos menos famosos, passearam no Parque Lênin e foram cismando um na cisma do outro, em assim-de-assim, num encontro de mãos e olhos, de tetas e braços, de coxas e lábios. Passear na cidade de Havana, perder-se em suas ruas e vielas, conhecer sua arquitetura, arcos árabes, sacadas espanholas, mármores italianos, automóveis antigos, igrejas barrocas, era para Lazinho uma jornada erótica: percorrer a cidade, perder-se entre calles, pátios e cúpulas era como transitar no corpo miúdo de la niña, em sua pele, em seus cheiros-de-fêmea, em sua voz-cadela.

Ela, a menina cubanita, gostava das mãos de Lazinho, de misturar seus dedos aos dele, ou ainda de roçar com delicadeza las manos del amante brasileño en su rostro, enquanto olhava para ele con sus ojos escuros bien abiertos, em sinal de quase súplica. Como se ela esperasse uma palavra, um sinal, um gesto dele, que permanecia secreto em seu coração. Eles faziam amor na casa de la niña, em Habana Vieja, onde ela vivia sozinha, com seus cães e pássaros, após a morte do pai e da mãe, também iniciados en la Regla de Ocha, o culto aos santos afrocubanos. Maria Oyá Biniká, a jovem-velha, madona-sin-hijos, nunca se casou, gostava de ser livre como o raio, o vento e a lua. Quando passeava com Lazinho na Plaza Vieja, no Malecón, na Plaza de la Revolución, sob o olhar-tição-oxé de Guevara, ela pedia a Yansã, Nuestra Señora de las Cadenas, que não amasse tanto aquele homem. Que ele partisse, como todos os outros partiram; mas não, ela pedia, com suas contas de um marrom avermelhado, que ele nunca a deixasse; ela quase rugia, leoa com pulseira carmesim, que ele ficasse e a amasse, no sempre-do-para-sempre, no nunca-jamais-acabar, em amor-de-amor.

Uma noite, la-negrita-de-la-regla levou o amante brasileño ao Callejón de Hamel, para assistir aos toques do Obini-Batá, às danças sagradas do Obini-Batá, tambores e chocalhos do Obini-Batá para a deusa de amarelo e branco, aquela-que-tem-o-cabelo-coberto-por-um-turbante-branco, aquela-que-dança-vestida-toda-de-amarelo-e-branco, todas las otras niñas también vestidas de amarelo-e-branco, brincos, leques, espelhos e tiaras nos cabelos para a sagração da deusa negra de amarelo e branco. Foi nessa noite de lua clara, noite de música na pele, que Lazinho pediu a mão de Maria Oyá Biniká. Ele queria estar no-sempre-junto-dela, como se eles fossem as contas vermelhas e marrons misturadas no mesmo cordão. Lazinho queria voltar com la niña negrita para a Bahia-De-Todos-Os-Santos, para a cidade de São Salvador, após anos de ausência, montar uma casa para eles no bairro da Cabula e abrir um consultório médico. Ela queria dizer sim ao vodum-dambirá, ao dono-da-turmalina-negra, seu corpo dizia sim, suas tetas, seus braços e sua boca diziam sim àquele-que-gosta-da-canela-de-velha, àquele-que-cultiva-picão-erva-de-bicho-e-mamona, mas la niña negrita del lukumi disse não ao xapanã, o-dono-do-xarará-e-do-pano-da-costa, o-dançarino-de-opanijé, que ele a deixasse, que ele fosse embora, que ele partisse e não voltasse, no vento-do-vento, na luz do relâmpago. Ela ficaria em sua cidade, em sua casa, com suas rezas e cantos, em sua dor silenciosa de nunca entregar-se. Ela-a-enigmática. Ela-O-Hieróglifo. Mistérios que o senhor não pergunte, nem mesmo ao ifá de Orunmilá. Há coisas que a gente não deve perguntar, nem saber, coisas de mistério, bestas pretas que voam no vento. O senhor esqueça e desentenda o que ouviu. E Lazinho? O mano-das-palhas voltou a Salvador, do mesmo modo que voltam todos os homens solitários, do mesmo modo que voltam todos os homens tristes, com um medo solitário, com um medo triste nos olhos. O senhor é homem viajado, conhecedor-do-mundo, já foi para Havana, Varadero, Cienfuegos, Camaguey, Santiago de Cuba? Então, o senhor precisa ir conhecer o encanto-axé dessas terras de beleza! É por causa da beleza que vale a pena viver nesse mundo, onde a desgraça não marca encontro.

* * * * *

Lazinho voltou a Salvador, onde ficou poucos dias, depois viajou para o Sítio Alaketu, em Santo Amaro da Purificação, onde passou uma semana na casa azul-turquesa com mainha Janaína, que o recebeu saudosa, afetuosa. Numa manhã clara de domingo, o preto-das-palhas procurou a Tia Maria Menina, que leu para ele as cartas do baralho cigano, numa toalha branca rendada que ela trouxe de Olinda, onde moram seus filhos e netos: saíram quatro arcanos maiores, o Mago, a Morte, o Eremita, o Carro, e a-negra-velha-que-nunca-mente disse ao negro palhudo, após tomar uma xícara de café amargo, bem forte:

– O Mago é o ele-aquele-juremeiro, o bugre, o carocho, o feiticeiro, o-ele-aquele-de-riso-escarninho, o renhido, o sagaz, o maroto, o-ele-aquele-que-leva-três-bodes-no-bolso, o aligeirado, o despachado, o ardiloso, ele é o que sabe tudo dos borralhos, o-ele-aquele-que-sabe-ler-as-estrelas, o habilidoso, o manhoso, o sorrateiro, ele tem uma barraca na feira, onde manipula os apetrechos mágicos, aquele-sem-desgarre-nem-revés, maroto-maneta-que-manca-com-muleta, o atrevido. Quando a esmola é muita, o santo gagueja, quando a esmola é nenhuma, o diabo gargareja, macaco que pula de galho em galho, quer chumbo, então, você estude, então você aprenda a ser matreiro com ele-o-aquele-encantador-de-sucuris. Jogue os dados na mesa, três e quatro, dois e cinco, um e seis, se não ganhar na primeira vez, jogue a segunda, a terceira vez e aposte tudo no seis, o Mago é o-ele-você-ele mesmo, assim disse a negra-magrela-que-nunca-mente.

– E a segunda carta, voinha, o que diz?

– A Morte é aquela-que-nasceu-encurvada, a-marafona-esfomeada, a negra-da-guadanha, a putana-xota-de-xuranha, a velha-que-é-sempre-velha, aquela-que-rói-o-olho-do-corvo-e-rói-o-rabo-da-raposa. É a negra-que-dança-no-cemitério, a-senhora-do-colar-de-crânios-e-do-cinturão-de-mãos-decepadas. A vida é mais curta que a cauda da cobra, é boi de piranha para o diabo de cu-rasgado, tudo que tem início acaba no precipício, então, lágrima, volte para dentro do olho, soluço, volte para as narinas, amor sem amor não tem volta, cante outro bolero, dance outra rumba, e se for tomar sopa com o diabo, use uma colher grande, disse a-maga-que-nunca-mente, o senhor acredite.

– E a terceira carta, voinha?

– O Eremita é o ele-que-caminha-com-o-ele-só, o encapelado, o-velho-da-lanterna-que-passeia-ao-meio-dia, o andarilho-que-caminha-para-dentro, aquele-que-mora-num-barril, o-amigo-de-zé-pelintra, o-que-se-esqueceu-da-pergunta-e-da-resposta. Se você foi ferido de amor, se te dói até o gato morto miar, até a serpente morder a serpente, então volte ao lume-de-seu-lume, tenha fineza-argúcia, lampeje o lumaréu, tudo é rioferveente.

– E a quarta carta, voinha?

– O Carro é o avanço do rutilante, do jubiloso, aquele-que-mata-a-cobra-e-mostra-a-corda-morta, o-ferro-todo-luzente, o ele-ogum-que-tem-a-espada-e-o-escudo, então você peleje, lute com suas armas, enfrente a assombração, esfarinhe o devaneio, mande às favas o faz-de-conta, seja belicoso como o basilisco, requeime o ardume da pira-em-brasa, receba o bafejo da aragem, avance no inesperado do abrupto.

Estas foram as palavras de Tia Maria Menina, aquela-que-nunca-mente.

Lazinho ouviu essas palavras e ficou calado, como se o gato tivesse comido a sua língua; ficou pensando no depois do que foi dito, enquanto encheu um copo com água que passarinho não bebe e que curupira bebe com gosto. Um copo, dois copos e mais um. O senhor aprecia cachaça artesanal, de alambique? Desconfiava mesmo que não, o senhor é controlado, tem medo de perder as estribeiras, de amalucar, de aluar-se no alheio...

Pois então, era tempo de voltar a Salvador, pensava Lazinho; projeto dele era alugar uma casa na Cabula, onde no passado lá-de-trás-do-rabo-da-velha havia roças de laranja-de-umbigo, nos pertos da mata-do-cascão; voinha Nanã dizia que se plantava de tudo na Cabula, na época das senzalas, até jaqueira, matataúba, pau-pombo, paraíba, janaúba, ingá, sucupira, jenipapo, nos tempos em que havia um espelho d'água claro e luzente, nome dele era rio Cascão; existe ainda hoje, mas todo sujo de detritos, uma tristeza de se ver, o senhor não veja. Depois, a Cabula virou bairro de se morar, lugarejo em que se acha de tudo, até pescoço de mula sem cabeça. Lazinho queria uma casa sem luxos, térrea, para se estabelecer, depois abriria a clínica dermatológica, para voltar a trabalhar. A saudade doía nele, como se um escorpião-com-cabeça-de-mulher comesse suas tripas por dentro, negrita-lacrau-alacrau, mas não, deixe disso, do bode fique longe a erva, era preciso esquecer aquela niña, bruja habanera, sacerdotisa lukumi; esquecer os passeios de mãos dadas, no junto-juntinho, os beijos e amassos, tudo isso fazia o esqueleto girar dentro dele, virar pelo avesso; mas o anjo da guarda dele disse, baixinho, a hora é outra, a hora é brasa, a hora é ferro, não porco ganindo na sova. Lazinho despediu-se, então, de mainha Janaína; ele andou na estrada de terra até o ponto de ônibus, que o levou de volta a Salvador, para iniciar nova jornada. Ele se lembrou então das cartas de Tia Maria Menina, a-negra--que-nunca-mente. É preciso enterrar a mágoa na cova funda do corcunda. Esquecer o lero-lero da prosa da leprosa. Fugir dos seres-de-sombra, da velha da sombra, do cão da sombra, da sombra marafona. É preciso ver o claro-clarão-claridade.

* * * * *

Lazinho encontrou uma pequena casa branca no bairro da Cabula, com um quintal ajardinado nos fundos, onde árvores anunciavam amoras, e abriu seu consultório na rua da Cabeça, onde o aroma do manjericão se mistura aos da graviola e das rosas amarelas de mamãe Oxum, *ora iê iê ô*. Eu já contei ao senhor: o preto-das-palhas, menino-de-ninguém, foi achado na praia por mãe Janaína, que o encontrou coberto de manchas de varíola; ela levou o guri malezento para a casa azul-turquesa do Sítio Alaketu, na Purificação, cuidou dos males dele, e agora, depois duma cachoeira-de-luas-e-sóis, ele é doutor, Zico-Ziquinho, o médico-dos-pobres, o curador-das-palhas, aquele que não dá conversa para cobra, não teme praga de velha, nem peido de defunto. Ele-o-palhudo, ele-o-que-cura-as-pústulas-da-pele, aquele-que-dança-com-xarará-e-opanijé. Muita coisa ainda dói nele, sim senhor, mas o médico-de-chapéu-de-palha cuida de tratar as dores dos outros, as moléstias dos danados, desprovidos, lazarentos, daqueles que não tem nada, apenas a dor. Tudo é dor, disse um sábio dos egitos ou das índias, mas o senhor considere, ao mesmo tempo tudo é bailado, tudo é arrasta-pé, tudo é carimbó, nos poucos momentos de alegria que temos nesse mundo-lacraia-dos infernos, onde se escreve incerto em linhas tortas e se amarra a porca com chouriço. Então é como eu digo, Lazinho firmou-se no vezo do ramerrame, aos bocados; recebia os pacientes, velhos e meninos, com melasma, melanoma, psoríase, vitiligo, pano branco e outras doenças de nomes cabeludos; atendia os infelizes sentado em sua poltrona de vime, na sala rústica do consultório, com olhar sério, desinquieto, escutava o que diziam, aconselhava e receitava. Dos abastados e aramudos, cobrava caro, rapava a pele, sem dó; já dos carecidos, que viviam no desalento, aceitava qualquer valor, trica de abana-moscas, chorumela de nonada ou borra de coisa nenhuma. Dava palestras sobre a prevenção de doenças da pele nas quebradas, onde judas perdeu as meias pretas, o chicote e o espartilho, escrevia longos artigos para revistas médicas daqui-de-lá-de-todo-mundo e a fama do preto malhado foi crescendo-crescendo.

Lazinho, o médico-dos-pobres, o-ele-aquele-que-cuida-deles-delas-e-das-crias, o doutor-das-palhas – são coisas que o povo diz, que o povo inventa, nos vagares da vadiagem. Quando não estava na labuta, em suas horas livres, de abandono, Lazinho bebia um rabo-de-galo, dançava samba no Rebola-Queixo, encontrava amigos de antigas farras para jogar bilhar no boteco do Xico Tranca-Rua ou dava um pulo no cabaré da Tia Olga, para pegar uma ruiva, uma loira, uma morena, uma japa. Lazinho, ele-o-atraente-ele-o-gavião-ele-o-putanheiro-lambedor-de-buceta, há quem o diga, os mexeriqueiros. O que contei ao senhor até agora, Xangô me escute, me julgue, me castigue com pedras-de-raio, foi apenas para situar melhor o relato, que sempre dá muitas voltas, eu sei, assim como a cebola e o vento, o senhor aceite. Vamos retomar agora o fio da história, com a benção de Obatalá, aquele-que-grita-quando-acorda, antes que o senhor se canse do compasso da missa e vá embora, no passo e sobrepasso. Eu lhe disse, no bem lá atrás, no antes do depois, que Jorge voltara a Salvador para se encontrar com Lazinho; isso aconteceu quando o preto palhudo já era respeitado por toda a gente, em todas as malocas, quebradas, cortiços e casas de gente-fina em Salvador e arredores.

Pois então, o mano-dos-ferros, serenado em sua ira, queria conversar com o mano-das-palhas, pedir conselho, beber cachaça, jogar conversa fora, como fazem dois irmãos que há muito não se veem, meu irmão, meu mano, maninho, irmãozinho. Um recebeu o outro com a estranhez do espavento, porque há muito não se viam; enquanto um rodava na ilha, o outro corria com a matilha, enquanto um mirava maravilha, o outro só sina andarilha, se um soubesse o que o outro sentia, se um pensasse o que o outro sofria, se um amasse o que o outro entendia, se um amalucasse pelo que o outro diria, coisas assim de irmãos, coisas de gente maluca. O que contarei agora, o senhor não espalhe, o senhor não cochiche, o senhor não fuxique, nem com o padre, nem com a mulher do padre, nem com o bispo, nem com o amásio do arcebispo, porque o senhor sabe, as paredes têm olhos e as portas têm ouvidos. Há muita gente onzeneira, que tem o prazer de zarelhar. Se a novilha pariu um bezerro, dirão que foi um cabrito, se a velha ficar doente, dirão que é culpa de algum parente, pactário com o vade-retro, o tição, o rabudo, se Maria sair com Antônio, dirão que dormiu com José, Mariano e Pedro Paulo, então não conte o desmilagre, nem o nome do diabrete, essa gente é ignorante, e como diz o Seu Salustiano, meu padrinho, a ignorância e o vento são o maior atrevimento.

Pois então, Jorge chegou numa manhã de sol na casa de pedras brancas no bairro da Cabula, à procura de Lazinho. Os dois se miraram, se abraçaram, se beijaram, os dois sentaram na varanda, para colocarem a prosa em dia, numa tarde de redes preguiçosas, fumo de corda e latinhas de cerveja. Jorge conservara o seu aspecto duro, os braços fortes, como toras de madeira, os olhos claros, de quem sabe ler as ideias da gente, e o seu cabelo começava a ficar ralo e grisalho; Lazinho, que viveu sete anos na Ciudad de La Habana, longe de mainha Janaína e de seus manos, parecia mais envelhecido, o rosto encurvado, o sorriso discreto e uma expressão ao mesmo tempo bondosa e tristonha. Eles tinham apenas uma tarde para colocarem tantos assuntos em dia, e as palavras vieram assim, impensadas, fumadas, de improviso. Falaram das viagens, dos namoros, das manhas, turras e birras de família, e depois passaram horas contando um ao outro as pequenas tragédias de nosso país-de-sombra-de-morcego. Jorge contou ao mano-das-palhas o que aconteceu no meio de sua viagem, quando ele resolveu visitar um amigo, o seu velho-quase-avô-avozinho, preto matuladô quilombola chamado José Izídio Dias, alcunhado Seu Vermelho, que morava no Quilombo Rio dos Macacos, que já foi uma fazenda de cana-de-açúcar, nos tempos de voinha Nanã. O preto velho de cabelos brancos, sobrinho de Zé Pelintra, foi mais que um pai, tio, avô ou amigo: foi ele que ensinou a Jorge, quando menino, a jogar bola de gude, empinar pipa, pescar nas águas do rio, nas tardes que passou no Sítio Alaketu, quando ia visitar mãe Janaína, que era da parentela dele. José Izídio contou a Jorge as estórias dos orixás, as lutas dos pretos contra os senhores de engenho e muitas outras coisas, entre uma risada e uma baforada de charuto. Seu Vermelho ria uma risada que o senhor nunca ouviu igual; nem o senhor, nem o Saci, nem a tia do Saci, um riso-cachoeira, riso-arco-íris, riso-igarapé. O preto velho era também o amigo a quem Jorge contava os seus segredos, sabendo que nele podia confiar, porque o senhor sabe, segredo se guarda no fundo da moringa e em boca fechada não entra mosquito. Mas isso foi há muito tempo, no-lá-atrás-de-anteontem, quando Seu Vermelho visitava o Sítio Alaketu, antes de se enfurnar no quilombo e pelejar com a justiça de Xangô pelos direitos dos quilombolas.

O senhor sabe, não sabe? A marinha brasileira construiu a Vila Naval de Aratu, há uns cinquenta anos, nas terras daqueles pretos, filhos ou netos de escravos, e os moradores do quilombo nunca aceitaram aquela presença, de quem não foi convidado para ficar lá, que Exu os carregue para longe. Se o senhor quiser visitar o quilombo em boa paz, com respeito e afeto cordial, será muito bem recebido, o povo lá é tranquilo, carinhoso, trilhe a estrada de barro meio acidentada até Simões Filho, depois explicarei melhor o caminho ao senhor. Agora, se for para lá com terceiras intenções, procurar sarna para se coçar, então o senhor não vá, o senhor volte, o senhor se retire, pois ali todos vivem no bem-querer-do-estar-junto, mas sabem quando a visita é inauspiciosa. Foi assim quando aquelas aves de rapina entraram no espaço deles; e, como o senhor sabe, urubu não canta samba e raposa não diz boa tarde, boa noite. Os maldosos entraram lá como legião de bestas do inferno, com máscaras, facões e porretes: queimaram lavouras, derrubaram casas, surraram meninos e velhos, violaram negrinhas, roubaram posses dos coitados, ameaçavam de morte, na malvadez de asmodeus.

O sobrinho de Zé Pelintra, Seu José Izídio Dias, que o povo chamava de Seu Vermelho, não aceitava injustiça e brigou com as autoridades pelos direitos da comunidade. Ele era assim, bondoso, forte, destemido, como poucos nesse mundo há. Ele era como o tronco de uma palmeira, um arrecife na areia da praia, o elevado da serra que a gente admira, um isso, um aquilo outro, tanto que ele era chamado de aquele-que-o-safado-apavora-se-ele-não-for-embora. Atitude dele incomodava os danosos, os facinorosos, as sucuris do serpentário, que desejam expulsar a pretalhada do quilombo e roubar as terras deles; até que um dia os perversos pegaram o velho, espancaram com vontade, até abrirem sua carne, até a fratura exposta, e o mataram a machadadas, o senhor acredite. Crime dos pulhas ficou impune, porque assim são as coisas nesta terra que já foi de Vera Cruz e de Santa Cruz: matar preto, pobre e puta são coisinhas do assim-à-toa, do sem importância, delegado vai rir de sua cara, se o senhor prestar queixa, não perca o seu tempo. Macaco velho não põe a mão em cumbuca, se reclamar do abuso, vai comer o pão que o diabo amassou. Um dia, tudo pode ser diferente, retrato de lado, retrato de frente, tudo muda o tempo todo, diz o sábio do oriente, mas no já-do-agorinha, não adianta dar murro em ponta de faca, as aflições do inferno estão soltas neste país-tristeza. Oxe, mas vamos voltar para a história, noto o senhor distraído, perdido na desatenção. Jorge chegou no Quilombo Rio dos Macacos num domingo chuvoso e todos ali estavam rezando no velório de Seu José Izídio, filho de Xangô, herdeiro de Zumbi. Todos estavam quietos, cabisbaixos, revoltados com aquela iniquidade, seus olhos, bocas e rostos imersos na tristeza. Um morto ontem, dois mortos hoje, três mortos amanhã, o ódio é profundo, penetra até os ossos; gritam as flores, chora o vento, a noite envolve os campos, a tristeza mergulha até o fundo da terra. Todos ali, homens, mulheres, gurizada, sonham com o amanhã de fartura, o amanhã de justiça, que talvez nunca virá. Por isso seus olhos são duros como troncos de árvore, suas mãos, firmes como troncos de árvore, seus pensamentos, altos como troncos de árvore, onde nascem flores amarelas, onde nascem flores azuis, onde nascem flores vermelhas. Jorge conversou com parentes do velho, soube detalhes do episódio, das ameaças recebidas, ficou indignado, queria vingar seu avô-avozinho, no murro, na faca, na bala, mas os homens disseram deixe disso, e as mulheres disseram deixe disso, e as crianças disseram deixe disso, tudo tem a sua hora e o seu embora, tem a hora do peixe, a hora do pavão, a hora do bezerro e a hora do revide, o que estiver no pensamento de Obatalá-Orixanlá, isso acontecerá; se ele quiser, a pedra pega fogo, o gato aprende a voar, a aranha perdoa o mosquito e o sapo se casa com a raposa. Há um tempo para cada coisa, tempo de semear e tempo de colher, tempo de odiar e tempo de amar, tempo de guerra e tempo de paz, ensina o livro do cristão, e cada um receberá o quinhão de seu merecimento. Mutuca que mais nunca revoa, quando anoitece, brinca com a lua na lagoa, dizia voinha Nanã. Por agora, deixe quieto, diziam, guarde suas armas, rogaram ao belicoso, e pediram a ele que se fosse, que voltasse a sua casa, porque nada podia fazer para minorar a dor-amargura. Jorge engoliu a seco sua ira, o enfezado, colocou flores onde José Izídio estava enterrado, disse bom-dia-boa-tarde-boa-noite-vou-me-embora-vou-me-embora para a menina tristeza e prosseguiu viagem até Salvador, onde encontrou o mano Lazinho. Em má hora o mano-dos-ferros encontrou o mano-das-palhas, em hora de corvo e coruja, em hora de lua cheia e gato preto, em hora de boitatá e lobisomem. Depois que Jorge contou a Lazinho todo o sucedido, foi a vez do médico-dos-pobres contar ao mano ferroso o que acontecia nas águas-de-água de Yemanjá.

Manchas negras surgiram nas ondas do mar, espalhavam-se nas praias como borrões de nanquim no branco do papel. Peixes, mariscos, moluscos, caranguejos, siris e pássaros marinhos morriam na costa, embebidos na tinta do óleo escuro, e os banhistas saíam das águas com a pele viscosa, em nesgas de breu pegajoso. O pretume-de-piche inundou as praias de Salvador, Boipeba, Canavieiras, Belmonte, Trancoso, Abrolhos, Carneiros, Corumbau, ninguém sabia de onde vinham aquelas manchas pretas, que se espalhavam por toda a costa da Bahia e ainda-além, em toda a costa nordestina, em malsinada má sina infernal. Se o senhor entrasse no mar agora, sairia de lá como boneco de piche, homem mudado em corvo, em meia-noite, em pedra-de-ferro, em lamaçal, em lagoa escura, o senhor imagine. Pescadores e marisqueiros ficaram desesperados, ninguém queria mais comer peixes e frutos-do-mar, ficariam sem ganha-pão, os pobres-diabos, quando as jangadas voltariam ao mar? Lazinho contava essas coisas a Jorge, que pensava no motivo de tanto castigo, por que a desgraça nunca anda só, chama sempre as amigas para tomar um chá? Voluntários se juntaram para limpar a sujeira das praias ao longo de milhares de hectares de manguezais, canais, rios e reservas de mata atlântica, mas era uma aflição-só-lágrimas quando, ao terminarem o serviço, chegava uma nova onda de óleo e eles tinham de refazer o trabalho, vezes sem fim, como se empurrassem uma pedra montanha-abaixo-montanha-acima ou tentassem encher com água quarenta e nove tonéis furados. Tudo era danoso, insano, desesperador. O óleo fica embebido na areia porosa e até os cachorros que passeavam na praia ficavam contaminados, como se fosse uma praga daquelas do egito, enviadas pelo deus-el-shaday-dos-cristãos: no lugar de chuva de pedras, rios de sangue ou praga de piolhos vieram marés de água oleosa. A pele dos banhistas ficava irritada, vermelha, ressecada pelo óleo, dizia o médico-dos-pobres ao mano ferroso; uns sofreram com náuseas, vômitos, inflamação no estômago, no intestino, outros ficaram com alergias, dores de cabeça ou problemas respiratórios, pela inalação do óleo cru, tempos de terror. Donos de hotéis, pousadas, restaurantes ficaram alarmados com a evasão dos turistas, quando acabaria o pesadelo? Lazinho contava essas coisas a Jorge com dor no coração. Consultório dele recebia filas de coitados, que esperavam o cuidado do médico-das-palhas; ele examinava os infelizes, fazia prescrições, conversava, aconselhava, tentava acalmá-los, mas ele próprio estava perplexo com aquela loucura, será que ofendemos algum deus?

Foram dias, semanas e meses assim, e sempre chegavam mais pacientes, que Lazinho recebia, com atenção e cuidado. O tempo é um relógio de areia enegrecida, talvez? O senhor acredite, só quarenta dias depois que as manchas de óleo se espalharam na costa nordestina que os homens do governo começaram a fazer alguma coisa, e nada próximo da solução. Um secretário-de-gravata-encarnada com cara caricata de suricato declarou que não via problema no acontecido: disse que o peixe era bicho inteligente, matreiro, e sempre que via algo estranho, mudava de rota, nadava em outra direção, e escapava das manchas de óleo. Uma outra autoridade, dessa ou daquela pasta, dona doida doidivanas de saia cor de rosa, afirmou que viu Jesus no alto da goiabeira, o senhor acredite, e um terceiro disse ainda que foi sete vezes ao inferno e matou o capeta no tapa e no soco. O senhor pensa que são tolices que agora invento, coisa de gente apalermada, que acredita na terra plana e no cu quadrado, mas eu não falo noiada, desacertos do desatino, juro pelas chagas de Nosso Senhor, pelas lágrimas de Nossa Senhora, que tudo isso é verdadeiro, real acontecido, e dito pelas autoridades que governam o nosso país. Meu nome é João Mojubá, o senhor tem ciência, e como diz o poviléu, quem tem um amigo chamado João, o diabo não vem dançar na frente da casa. Tudo isso são divagações, o senhor perdoe, sou solitário, não tenho com quem conversar; passo os dias aqui neste caixote, com os meus cães, o meu saco de coisas, o meu amarume, na esquina da rua Gregório de Matos com o Largo de São Francisco, aguardando a volta de meu mano e sua mina, o trovão e a tempestade. Eu não vou embora deste mundaréu-mundão antes de reencontrá-los, não aceito, enjeito e recuso; mas isso o senhor já sabe, que contei no início da conversa. Hora então de largar a escória e continuar com a história, tudo é viração. Jorge e Lazinho se abraçaram, se abrasaram, disseram adeus um para o outro, aquele adeus de não-nem-nunca-é-sempre, adeus-de--até-breve-até-loguinho, meu-irmão-meu-irmão-meu-maninho. Bem, o senhor quer saber mais do moleque-trovoada e da menina-ventania, não é? Então, eu vou lhe contar:

IV

Aganju-olho-de-chispa tinha um filho e nada sabia sobre ele. O alafim-de-oyó era muito respeitado no reino e temido por todos; a porta de sua casa estava sempre aberta, pois ninguém ousaria entrar. Sua cozinha vivia cheia de carnes, legumes e frutas, pois ele era o senhor das savanas, o proprietário de tudo o que os olhos veem. Um dia, Xangô, que nada sabia de seu pai, entrou na casa de Aganju, no-assim-da-vadiagem, foi até a cozinha e comeu de tudo, até fartar-se; comeu quiabo com azeite de dendê, cebola ralada e gengibre, rabada, carneiro, canjica branca, comeu e comeu, então caiu na esteira de Aganju, o-soberano-que-tem-uma-perna-de-madeira e dormiu no assim-profundo, sem dizer as preces para ninguém. Quando o dono da casa voltou e viu aquele negro atrevido dormindo em seus aposentos, sentiu um rompante de sanha-insânia, de furor-quizila-danação, fez uma fogueira e jogou o moleque no carvão vermelho. No entanto, o fogo se negou a queimar Xangô, sua pele, seus ossos ou mesmo um só fio de cabelo. Se Xangô era o senhor do fogo-agni, como poderia agni-o-fogo queimá-lo? Então, Aganju agarrou o moleque, que ria risos de risada, e levou-o até o mar, para afogá-lo. Mal pisaram nas brancas areias da praia, no entanto, a senhora Yemanjá disse para Aganju, seu marido: "Como você ousa matar nosso filho?". Então, ele olhou nos olhos de Xangô e viu como eles eram parecidos: a testa de um, o nariz do outro, o beiço de um, a orelha do outro, o pescoço de um, os dentes do outro, e ficou feliz de ter um filho forte e destemido como ele.

(Narrativa oral iorubá, em tradução livre)

Sángiri-làgiri,
Olàgiri-kàkààkà-kí Igba Edun Bò
O Jajú Mó Ni Kó Tő Pa Ni Je
Ó Ké Kàrà, Ké Kòró
S' Olórò Dí Jínjìnnì
Eléyinjú Iná
Abá Won Jà Mà Jèbi
Iwo Ní Mo Sá Di O
Sango Ona Mogba Bi E Tu Bá Wő Ile
Jejene Ni Mú Ewure
Bi Sango Bá Wő Ile
Jejene Ni Mú Osa Gbogbo

Aquele-que-racha-e-lasca-paredes
nos ocos-da-rachadura
guardou duzentas pedras-de-raio.
Aquele-de-olhar-terrível
assusta as pessoas antes de castigá-las.
Aquele-que-fala-com-o-corpo-todo
fala com a pele, fala com a língua,

fala com os olhos, fala com os braços,
fala com as pernas, fala com o pênis
e faz burgueses se borrarem de medo.
Aquele-de-olhos-vermelhos
namora com a deusa-do-vento-e-da-brisa.
Aquele-que-luta-todas-as-pelejas
nunca é condenado
porque luta por justiça.
Ele-é-o-aquele-em-que-busco-refúgio.
Se o antílope entra numa casa
a cabra sentirá medo.
Se Xangô entrar numa casa
todos orixás sentirão medo.

(Oriki de Xangô, em tradução livre)

Motumbá. Eu vou lhe contar agora o que aconteceu com Jerônimo e Bárbara depois que eles saíram de Salvador e foram morar em São Paulo. Eles moraram num quarto de pensão na rua Aurora, no centro velho da cidade, depois numa quitinete na avenida Ipiranga e por fim num apartamento espaçoso, na rua São Luís. Jerônimo conseguiu emprego num escritório de advocacia, no Largo de São Bento, pertinho de uma antiga igreja beneditina e de uma casa de doces portugueses, e Bárbara dava aulas de dança afro num espaço cultural na Praça Roosevelt, enquanto procurava trabalho como modelo em agências de publicidade. A menina-trovoada gostava de circular entre os jovens descolados, as gurias lésbicas de cabelos vermelhos e *piercing* nos mamilos, os grafiteiros de tênis, bermuda e boné virado para trás, os skatistas que voavam nas rampas de concreto, os funkeiros que sentavam em círculo para fumarem o narguilé, as meninas descalças de cabelos pontudos, tatuagens nas tetas e saias coloridas que tocavam tambores na praça. Ela gostava de beber cerveja na rua dos teatros, conversar com a menina que vendia brigadeiros recheados de marijuana e a palhacinha do Parlapatões que improvisava cenas no espaço entre as mesas e o balcão do bar. Juventude aquela da praça, brancos-e-pretos-japas-e-pardos dançavam-dançavam-e-beijavam-na-boca, tudo na delícia-deleitoso, como as mil e uma cores das plumas do pavão de Krishna, como as mil e uma cores do arco-íris de Oxumaré. *Akemin é a cobra-arco-íris-cobra-dança--arco-íris. Akemin de olho preto é dança-cobra-vento. Akemin de olho preto é dança-cobra-pensamento*, canta um oriki do orixá, o senhor escute. *Kaforidan cobra-que-morde-o-próprio-rabo é o fim-início de tudo. Kaforidan cobra-que-morde-o-próprio-rabo faz gira-girar tudo. Se um dia Oxumaré cansar mundo acaba. Se um dia Oxumaré cansar céu desaba*, cantava minha voinha Nanã. *Dakemin dança a dança do sol. Dakemin dança a dança do lua. Dakemin dança a dança em mim. Arroboboi Oxumaré!*, cantava voinha Nanã, lavando a roupa branca no rio. A Praça da República, toca-da-cobra-do-arco-íris, é regida por Oxumaré, irmão de Xapanã-Omulu-Obaluaiê. Por isso, é espaço de beleza e cura nessa cidade escura, estranha-no-asperamente, boca de mil dentes que cospe os fardos, cospe os fardos, cospe os fardos, como dizia um rapaz desvairado chamado Seu Mário.

Mukulu. Jerônimo agora veste terno bem cortado, gravata azul-marinho com bordados amarelos, sapatos lustrosos, óculos escuros italianos e leva sempre consigo uma pasta preta, para tratar dos assuntos do escritório. O senhor, porém, acredite: ele não é deslealdoso, novo-rico apatacado, com dentes de ouro e alfinete de platina cravado na gravata. Ele defende as causas que considera justas, avalia cada caso, cada cliente, olhando-no-fundo-do-fundo-do-olho e só aceita defender quem ele acha que merece, confiando no fio da barba, após muita conversa. Ele assumiu a causa dos trabalhadores sem-teto que ocuparam um prédio vazio da prefeitura, na Avenida São João, e está sempre ali, nas assembleias, vestindo calça jeans e camiseta, para levar apoio legal às famílias da ocupação. Defende a causa dos metroviários, que entraram com ação trabalhista contra o governo estadual, e de várias outras categorias profissionais que sofreram perdas salariais. Ele também colabora com os estudantes da Faculdade de Direito do Largo de São Francisco, em debates e eventos sobre a defesa da democracia e dos direitos humanos. Voinha Nanã, nos tempos em que eu era negrinho de pé no chão, no sítio em Cruz das Almas, cantava um oriki de Xangô, aquele-que-come-quiabo-e-dança-alujá. O canto era assim, o senhor escute: *Xangô Oluaxô — o raio rubro rasga o céu. Obakossô faz o forte fugir de medo. Alafim de Oió não lute comigo. Alafim de Oió seja meu abrigo. Oba Arainã fala com boca Oba Arainã fala com olhos Oba Arainã fala com pele Oba Arainã fala com raio. Leopardo de Oiá não lute comigo. Leopardo de Oiá seja meu abrigo*, cantava e cantava a preta velha. *Boca-de-chispa mata o que mente com pedras de raio. Oba Lubê não lute comigo. Oba Lubê seja meu abrigo. Oba Orungá dança alujá e saúda a beleza que há no mundo. Oba Orungá dança alujá e saúda a beleza que há no mundo. Kawô Kabiesilé!*

Jerônimo gostava de caminhar na Praça Antônio Prado, nas imediações do mosteiro beneditino, no intervalo do almoço ou na volta do trabalho para casa. A igreja de São Bento, aliás, recebeu a contribuição de um arquiteto negro, conhecido como Tebas, no século XVIII: foi ele quem fez a ornamentação da fachada da antiga igreja do Mosteiro de São Bento e planejou a construção do Chafariz da Misericórdia, o primeiro chafariz público da capital paulista. Hoje, ninguém sabe disso, porque foram obras de um negro, de um coisa-nenhuma, um joão-ninguém. O senhor está interessado nessas antigas histórias? Acho que não, vamos voltar a falar de Jerônimo. Ele perambulava entre os coretos, o antigo relógio vertical de três faces, o chafariz, os jardins descuidados, os vendedores ambulantes, os moradores de rua, os imigrantes haitianos e os meninos que fazem samba fumando cigarros de canela. Às vezes, parava e conversava com algum conhecido na cervejaria, na revistaria, na sapataria, ou então caminhava até o Café Girondino para tomar um capuccino, abrir o jornal e ler as mentiras do dia, ou então seguia por uma das pequenas ruas do centro até achar um lugar para comer tapioca com leite condensado, essas pequenas delícias. Depois, caminhava pelo Largo do Patriarca, onde bolivianos vestidos com plumas de pássaros tocam flautas de bambu, passava pelo Viaduto do Chá, onde mulheres muçulmanas exibem belos lenços coloridos cobrindo os cabelos, pelo Theatro Municipal, com seu jardim cheirando a ópera e urina, e pela rua Barão de Itapetininga, onde barracas de senegaleses vendem tecidos, brincos, colares, máscaras e estátuas de madeira. Então, entrava na rua Ipiranga, onde mendigos dormem com seus cães na calçada em frente à casa de câmbio e finalmente encontrava Bárbara, que devia estar bebendo o segundo ou terceiro copo de cerveja artesanal, sentada num degrau da Praça Roosevelt. Os dois andavam de mãos dadas até o mercado árabe do Seu Mustafá e Dona Yasmin, onde compravam coalhada seca, homus, babaganush, patê de azeitona preta, pão sírio e uma garrafa de vinho shiraz, para a refeição noturna.

Quando chegavam em casa, os dois se sentavam na pequena mesa redonda de madeira, no centro da sala, e preparavam as delícias: dispunham os pães, os patês e os frios em travessas, abriam o vinho, brindavam, comiam, contavam um para o outro as acontecências, depois começava o jogo amoroso do pavão: ele alisava as pernas de Bárbara, tirava as meias compridas dela, os sapatos de salto alto, acariciava seus pés, levantava da cadeira, ficava atrás da moça e beijava seu pescoço, boca e tetas com beijos de sua boca acendendo o lumaréu, como canta Salomão no livro do cristão. A menina-tempestade, guria-ventania, recebia o carinho de seu macho, transformada em búfala-da-espuma-das-águas-do-rio. *Oiá vem com o vento, vem e revém, mãe do meu pensamento. Mulher-animal faz amor amar e medo sentir medo. Eeparrei! Come pimenta vermelha. Dança com pés vermelhos. Olha com olhos vermelhos – como se quebrasse cabeças. Mulher-animal dona do raio e do vento – aquela que vem dançando aquela que vem dança-dançando aquela que vem dança-noite-dançando. Oiá ô! Afefê Ikú Funã*, cantava voinha Nanã para Yansã, em Cruz das Almas.

Exu Mojubá! Num sábado de manhã, no mês de julho, meu mano e sua mina foram ao bairro da Liberdade, no dia do Tanabata Matsuri, o Festival das Estrelas, celebração do encontro dos amantes-que-são-estrelas. O senhor conhece a lenda? Contam os velhos japoneses que a princesa-tecelã Orihime, mulher-estrela-de-vestido-verde-como-o-jade, passeava no rio-de-branca-luz-da-via-láctea quando viu o pastor-dos-rebanhos-do-céu Hikoboshi, moço-luzeiro-azul-safira, e os dois se apaixonaram, no alucinar do desvario. Isso foi nos dias-do-dragão-de-prata, nas noites-do-unicórnio-de-ouro. Um só pensava no outro, na pele-olhos-lábios do outro, só queriam ficar no juntinho-do-perto-um-do-outro, em amor-de-amor, e assim se esqueceram de suas lides. A princesa-tecelã não trabalhava mais na roda de fiar, o príncipe-pastor abandonou seus rebanhos nas terras-azuis-do-céu e os dois ficaram assim, estranhos-estranhados-na-encantação. Até que o pai da princesa alucinada, Tentei, o Senhor Celestial, notou que a princesa-da-neblina ficou muito preguiçosa e quis saber o motivo. Quando o soberano-do-céu viu os amantes-em-amor-no-se-amando, num dos terraços azulados da luz áurea, ele entendeu o que se passava. Como punição aos apaixonados, ao ele-transformado-em ela e à ela-transformada-em-ele, o rei-soberano-das-cascatas-do-céu separou os dois amantes, obrigando-os a morar em lados opostos da Via-Láctea. A separação trouxe infinita tristeza ao ele-fauno-luzeiro e à ela-ninfa-tenin, que derramaram lágrimas-de-névoa-e-nuvem, até que o soberano-das-águas-aéreas, em seu trono de pérolas, sentiu o pesar da punição e compensou os jovens namorados, que receberam permissão de se encontrarem uma vez por ano, no sétimo dia do sétimo mês do calendário lunar.

Como retribuição ao favor celestial, o casal-da-via-láctea deveria atender a todos os pedidos feitos pelos mortais no dia desse encontro. Assim nasceu o Tanabata Matsuri. Durante a festa, as ruas e praças do bairro oriental da Liberdade são decoradas com grandes ramos de bambu, ornados com enfeites de papel colorido que representam as estrelas-amantes. As pessoas que participam da festa escrevem seus pedidos em pequenos pedaços de papel, chamados *tanzaku*, que são pendurados nos bambus, para serem lidos por Orihime, a princesa-tecedeira, e por Hikoboshi, príncipe-pastor, em suas núpcias celestiais. Jerônimo e Bárbara fizeram os seus pedidos e circularam pela Liberdade, ouviram a música dos tambores *taiko*, assistiram às danças típicas, viram lutas de espada samurai e outras artes marciais, compraram amuletos xintoístas e por fim almoçaram anchova grelhada com legumes e arroz num restaurante japonês. Antes de irem embora, visitaram a Capela de Nossa Senhora dos Aflitos, localizada entre a rua Galvão Bueno e a rua da Glória, em cujo cemitério eram sepultados os corpos de escravos, indigentes, pessoas que morreram de doenças contagiosas e os condenados à forca, os supliciados. A Praça da Liberdade, naqueles tristes tempos, tinha outro nome: era o Largo da Forca. Os condenados continuaram a ser enterrados no Cemitério dos Aflitos, localizado junto à capela, até a aprovação de uma lei que proibiu os sepultamentos no espaço das igrejas. Bárbara e Jerônimo, comovidos, rezaram para que mamãe Yansã levasse as almas dos sofredores para o Orum-Além-Céu, depois se levantaram e foram para casa.

No dia seguinte, Jerônimo foi à Faculdade do Largo de São Francisco, participar de um ato em homenagem a Marielle Franco, a vereadora carioca, mulher, lésbica e negra, morta por milícia de fascistas. O ato, organizado pelos estudantes de Direito, incluía um ato religioso ecumênico, com sacerdotes cristãos, budistas, muçulmanos, da umbanda e do candomblé, a projeção de um filme sobre a moça-negra-da-favela-que-incomodou-o-capitão e no final o número musical de um conjunto feminino de tambores. Na hora do evento, porém, oh minha loucura, aconteceu o insano inesperado: jovens truculentos, vestidos com botas de montaria e trajes de cavaleiros medievais invadiram a faculdade, picharam suásticas nos muros, bateram nas moças que tentaram conversar com eles e invadiram o auditório com porretes e armas de fogo, para impedirem a celebração. Jerônimo, moleque-fogaréu, aquele-que-nunca-fugia-de-uma-briga, entrou no rebuliço do alvoroço para defender os estudantes; trocou socos com os desajustados, derrubou o primeiro, derrubou o segundo, se jogou contra o terceiro, jogando capoeira-de-angola, e caiu, com um tiro de revólver no ombro; a bala passou de raspão, mas o sangue avermelhou sua camisa. Outros tiros foram disparados para o alto, oh minhas alucinações, e a multidão se dispersou, no corre-corre do pavor-assombro-desbrio. Viaturas chegaram mais tarde, após a fuga dos arruaceiros, e os policiais prenderam cinco estudantes que protestavam contra a violência por desacato às autoridades. No dia seguinte, o diretor da faculdade foi intimado a ir à delegacia para prestar depoimento e recebeu ameaças anônimas de morte pelo telefone, por promover atividades contra a moral da família brasileira e promover a subversão comunista.

Assim é o Brasil desses tempos-cérberos-tempos-de-plutão-e-prosérpina. A porteira dos infernos se abriu, no-depois-do-acontecido: Azazel, Abalam, Alastor, Asmodeus, Astaroth, todas as coisas medonho-lazarentas saíram dos buracos-de-tormenta-do-capeta-de-chifre-furado, das tocas-de-corno-do-grande-cão. Em crocitar de gralhas, marcharam pela Avenida Paulista, na arribação de amência. Os cramunhões-da-terra-debaixo-da-cova desfilaram em trios elétricos e carros de som com camisetas e bandeiras verde-amarelas, oh minha loucura, mulheres de seios desnudos levavam cartazes em defesa da família e contra a corrupção, arlequinal, arlequinal. Pastores evangélicos vociferavam salmos e versículos em microfones, amaldiçoando gays, feministas e macumbeiros, que iriam para o inferno dos behemoths, oh minhas alucinações. À frente do cortejo, uma senhora idosa, em cadeira de rodas, levava um cartaz que dizia: MARIELLE MERECEU MORRER. Colunas de policiais militares protegiam o desfile desvairado, saudados com vivas à polícia. Uma moça que caminhava na Paulista, saindo de seu local de trabalho, foi xingada e agredida pelos insanos, por usar vestido vermelho, e uma senhora de peruca loura e óculos escuros gritava que ela devia ser estuprada e morta, por ser comunista e puta. A loucura foi até o final do dia, quando os desatinados cantaram o hino nacional em frente ao prédio da Federação das Indústrias do Estado de São Paulo, a FIESP, que apoiou o movimento golpista que derrubou a presidenta Dilma. Os amalucados-da-terra-debaixo-da-cova assumiram um nome-de-guerra: eles eram OS PATRIOTAS e publicaram vídeos de suas ações no Instagram, Twitter e Facebook.

Meu neto, meu neto, você acredite: naqueles dias, era assim-a-insânia. Jerônimo sofreu ferimento leve no ombro, foi ao pronto-socorro do hospital, onde limparam a ferida, aplicaram sutura e curativo, depois, foi embora para casa, ao lado de Bárbara. Enquanto ficaram no hospital, a televisão transmitia, todo o tempo, a loucura dos Patriotas. E a dementação estava apenas começando. Eu vou lhe dizer, então, acredite: em meus sessenta anos de perambulação por esse mundaréu-mundão, nunca vi tanta doidice assim. Já vi bezerro nascer com duas cabeças, já vi moça de má-vida casar e virar dona distinta, já vi Exu na encruzilhada fumando charuto, mas nunca, nunquinha, vi cenas de pesadelo como essas, que Oxalá me proteja. O senhor pense em gente delirante; pense no aluamento-lúmpen, foi assim nos dias e noites que se seguiram, dias e noites de longas facas e cristais quebrados.

Na manhã de terça-feira, um grupo de Patriotas com calças verde-oliva encontraram um velho morador de rua deitado na calçada, as solas dos pés cobertas de feridas, as unhas dos dedos negras e recurvadas. O esmoleiro mal tinha dentes, cabeça raspada, olhos quase brancos de catarata, as muletas deixadas no chão, ao lado dele. Os jovens Patriotas espancaram o velho com barras de ferro, quebraram suas vértebras, depois mijaram nele, assim, na plena luz do dia. Isso aconteceu na Praça da Sé, havia pessoas por perto e ninguém fez nada. Antes de fugirem, os maldosos grafitaram a letra P num muro. Na tarde do mesmo dia, traficantes patriotas do Bonde de Jesus invadiram um templo de candomblé na Baixada Fluminense, surraram a mãe de santo, xingaram-na de macumbeira, demônia, prostituta, e obrigaram a mulher a quebrar as imagens de orixás e objetos sagrados do culto, com um cano de revólver encostado em sua cabeça, uma tristeza, imaginem o sofrimento da mainha yalorixá.

A noite é uma navalha nas mãos dum espanhol. Arlequinal, dizia Seu Mário, o desvairado.

Na noite de terça-feira, novo desfile na Paulista, agora com tochas: a multidão de Patriotas queria incendiar a Faculdade de Direito do Largo de São Francisco, mas dessa vez foram impedidos pela polícia, que não prendeu nenhum dos desajustados, apenas os dispersou, de forma respeitosa. Foram dias e noites de intolerância na segunda, terça, quarta e quinta-feira, num pesadelo que parecia não ter mais fim. Gangue de Patriotas atacou casal de lésbicas numa estação do metrô com porretes e facas, e não foram impedidos pelos seguranças, nem pelos usuários, por conivência ou medo; a senhorinha que fazia leitura de búzios no Viaduto do Chá foi espancada pelos Patriotas e proibida de voltar lá com suas macumbas; moradores do centro da cidade, simpatizantes dos Patriotas, fizeram abaixo-assinado pela retirada da estátua de Zumbi dos Palmares da Praça Antônio Prado; e no auge da demência-deliração os beiçudos-canhotos-cães-miúdos tentaram invadir o Museu Afro Brasil, no Parque do Ibirapuera, para destruírem aquele antro de magia negra. Aí, o senhor me pergunta: o mundo endoideceu, azoretou-se? Estão todos aloprados, a verdureira do mercado, o cobrador de ônibus, o gerente do posto de gasolina, a estudante de medicina, o tenente-coronel? Eles não têm mais juízo-discernimento? Ficaram todos desajuizados,? Eu não sei o que responder ao senhor, apenas relato o que aconteceu aqueles dias sombrios, o senhor considere os fatos.

Jerônimo não acreditava no que acontecia. Ele pensou em sair de São Paulo, voltar com Bárbara para Salvador, mas a insanidade se espalhava em toda parte, como se fosse epidemia, lepra de insensatez. Em Salvador, a estátua da baiana do acarajé, um dos cartões-postais da Bahia, foi totalmente destruída por um incêndio criminoso, atribuído aos Patriotas, e até na Câmara Municipal um vereador patriota-evangélico pediu a retirada das estátuas dos orixás no Dique do Tororó. Os ataques racistas e de intolerância religiosa levaram ao fechamento de vários terreiros de umbanda e candomblé pelas milícias dos traficantes-de-cristo-jesus, em plena cidade de Mãe Menininha.

O horror, o horror, o horror, o horror.

V

Ìba Òsun sekese
Ìba Òsun olodi
Latojoki awede we'mo
Ìba Òsun ibu kole
Yeye kari
Latokoko awede we'mo
Yeye opo
O san rere o
Àse

Mulher-do-mistério-
do-rio-
e-de-mim
que limpa
por dentro
e limpa
por fora.
Linda é

a deusa
do rio,
ela-em-nudez-
que-seduz.
Mulher-do-espelho
e da clareza
que limpa
por dentro
e limpa
por fora
Linda mãe-
dos-seios-
de-fartura
nós te cantamos
Axé!

(Oriki de Oxum, tradução livre)

* **

Disse-nos a avó, que ouviu de sua bisavó, e outras ancestrais antes delas também disseram: há moças levadas pela chuva. E elas ficam retidas na água. Depois, raios luzem-relampejam e elas morrem. Transformam-se em estrelas e sua aparência muda: são estrelas. Por isso a nossa avó disse o que ouviu de sua bisavó, e outras ancestrais antes delas também disseram: moça levada pela chuva transforma-se em estrela, depois em flor e cresce nas águas do rio. Nós, que nada sabemos, quando vemos tais flores na água, tão lindas, pensamos assim: vou colher estas flores que crescem na água, tão rara é a sua beleza. Porém, as avós já nos disseram: se alguém tentar colher essas flores, elas mergulharão na água, e nunca mais as veremos. São moças-flores. Por isso a avó e as outras matriarcas disseram: não devemos procurar tais flores, que são moças. Poderíamos sofrer com o que elas sofrem. São as esposas da água. Os fios de cabelo em nossas cabeças serão iguais às nuvens, depois de morrermos. E quem não souber que foram cabelos, dirá que são nuvens. Nós, porém, que sabemos, falamos assim: são cabelos-de-nuvem, pessoas-de-nuvem, nós-o-que-fomos-e-o-que-somos.

Quando morremos, viramos nuvens.

(Narrativa oral dos bosquímanos, em tradução livre)

* **

Conceição, a moça-das-miçangas, a negra-das-mandingas, o senhor se lembra, saiu de Salvador e foi para o Rio de Janeiro, onde passou uns tempos na casa de sua madrinha, dona Aparecida, para esquecer a tristeza de amor. Ela conheceu o Jardim Botânico, o Pão de Açúcar, o Arpoador, a Praia do Farol, a Barra da Tijuca, a Prainha, a Praia do Forte, trabalhou como recepcionista num hotel em Copacabana, mas logo se cansou daqueles ares e sentiu um forte desejo de voltar para casa. Ela amava muito a si mesma para sofrer por causa de um-alguém-quem--ninguém e disse mais-nunca-ao-nó-cego-do-zé-moringa, aquele-que-a-trocou-pela-menina-tempestade, oh-mais-tá, ele-que-vá-comer-moscas-no-bem-mais-longe-de-mim, ói--sua-vida-me-deixe-viu? Ela-o-amor-só-dela voltou para casa de mainha, na rua do Tingui, e foi trabalhar como secretária num escritório de arquitetura e *design* de um empresário italiano, Seu Giuseppe. A moça-menina-mel, aquela-que-fala-pelos-cotovelos, dividia o tempo livre entre um curso de história da arte, que frequentava à noite, e os ensaios no afoxé Filhas de Oxum. Conceição voltou para Salvador ainda mais linda, beleza-preta-de-onceza-odara, e ia desfilar no Carnaval com todos os paramentos da rainha-do-ouro-e-do-cobre. O senhor conhece os afoxés da Bahia, já viu carnaval de rua? Então, volte para cá, no ano que vem, e caia na folia, vestido de branco, com sapatos brancos e chapéu branco!

Afoxé é o bloco em que se canta os cantos dos santos e se dança o ijexá, ao som de atabaques, agogôs e xerequês. Antes do desfile dos passistas, é feito um padê, cerimônia para Exu Osijê, aquele-que-tudo-sabe-e-tudo-vê. A comida é oferecida à terra, pois a terra também come, e aprecia rodelas de cebola, sal, pimenta malagueta, farofa e óleo de dendê, a quizila de Oxalá. No-depois-disso-que-eu-disse começa o cortejo, com Oxum à frente, toda vestida de amarelo-ouro, flor-dourada-de-cajá, com o espelho-abebé em forma de leque e a coroa de contas coloridas que lhe cobre o rosto. Ao lado da dona-dos-rios-lagoas-e-cascatas desfila a mãe-de-santo-yalorixá vestida de saia branca e turbante branco, dança-do-branco-e-do-amarelo--dança-dançando, *olomi máa, olomi maaio, olomi maaio enhiaba odo o yeyê ô*. Em seguida, vêm os outros orixás-dançarinos, todos-dança-dançando, Exu, vestido de preto e vermelho, senhor-do-rubi-e-da-folha-de-lume, Ogum, o negro-azul-azulão-azulino, senhor-da-cajarana-e-do-lápis-lazúli, Oxóssi, o azul-celeste-arqueiro-turquesa, senhor-do-alecrim-do-campo-e-da-água-marinha, Yansã, a-menina-marrom-e-cor-de-rosa, senhora-da-flor-de-coral-e-da-terracota, Yemanjá, moça-rainha-cor-de-prata-e-lua, senhora-da-umbaúba-e-da-água-marinha, Oxalá-Obatalá-Oxalufã, orixá-fun-fun, o-branco-do-branco-do-branco, senhor-do-cristal-e-da-folha-da-costa, corcunda-que-carrega-o-cajado, e todos os demais orixás do orum, com suas cores-axé, armas e atributos, sambando ao som dos tãns-tãns-tãns-tãns. No-lá-atrás-do-lá-no-fundo vêm as outras alas do cortejo, a ala da Capoeira, a ala do Povo Africano, a ala das Baianas, que carregam à cabeça bolinhos de acarajé com camarão e pimenta, e outras alas mais. No afoxé, todo mundo é menina-e-menino, branco-e-preto, humano-e-divino, iguais-a-seus-iguais, todos-são-um-e-o-outro, o senhor acredite naquilo que digo, pois assim é o desejo de Olodumare-Olorum-o-divino.

Tudo-é-dança-tudo-é-o-dançarino-e-o-dançado, tudo-muda-em-dança-todo-tempo, dizia voinha Nanã, cantando o oriki de Oxaguiã: *Ajagunã, / aquele-que-muda-todas-as-coisas muda-noite-em-rio, pedra-em-flor, mulher-em-tempestade. Eléèjìgbó — orixá-comedor-de-inhame, aquele-que-é-branco, aquele-que-é-vermelho, aquele-que-dança-com-espada-na-mão.* Conceição, menina-lírio-mel, dançava-dançava no barracão do terreiro, no bloco de rua, na casa de samba, na danceteria, ela-que-é-dança-e-pássaro. Conceição, a moça-dança-pássaro.

* **

Ògún laka aye
Osinmole
Olomi nile fi eje we
Olaso ni le
Fi imo bora
La ka aye
Moju re
Ma je ki nri ija re
Iba Ògún
Iba re Olomi ni le fi eje we
Feje we. Eje ta sile. Ki ilero
Ase.

Ogum-o-poderoso
aquele-que-tem-
água-do-rio-
em-casa
mas prefere
beber sangue
aquele-que-tem-
roupa-em-casa
mas prefere vestir
folhas de mariwô
Ogum-o-poderoso

que eu não sofra
com sua fúria
eu saúdo Ogum
aquele-que-tem-
água-do-rio
em-casa
mas prefere
beber sangue
Eu saúdo
Ogum-o-poderoso
que haja paz
e tranquilidade
para todos nós
Axé!

(Oriki de Ogum, tradução livre)

* **

Disse-nos a avó, que ouviu de sua bisavó, e outras ancestrais antes delas também disseram: um dia, Ogum resolveu sair da cidade e ir morar na floresta. Cansou de trabalhar no ofício da forja, queria voltar a ser caçador, ele-arqueiro, ele-lanceiro, ele-o-feroz-com-a-espada. Quando os orixás souberam disso, foram atrás de Ogum, para convencê-lo a ficar: você-não-vá-embora-você-senhor-dos-ferros-fique, sem o trabalho de Ogum não haverá ferramentas para a agricultura e a pesca, nem armas para os guerreiros, as colheitas serão escassas e todos passarão fome nas aldeias.

Os orixás precisavam dos utensílios fabricados por Ogum. Porém, o senhor-de-todos-os-caminhos, ele-o-peregrino, foi irredutível: queria voltar para a mata e viver sozinho em sua cabana, caçando e pescando para viver, que ninguém o seguisse, que ninguém o incomodasse, disse-irado-o-irado, e todos tremeram de medo, todos temem Ogum. Houve grande tristeza entre os orixás: o que fariam agora, sem o mestre-dos-metais? Foi então que Oxum Apará resolveu ir conversar com Ogum.

Os orixás zombaram da moça-das-águas-do-rio: o que ela, tão-frágil-franzina, faria para convencer o senhor-do-metal--e-do-grito? Eles-e-elas riram, eles-e-elas zombaram, eles-e--elas debocharam de Oxum, em risos-ridentes-derridentes, mas ela-aquela-cachoeira estava decidida e foi até a floresta-do-jaguadarte-garra-que-agarra-bocarra-que-urra para encontrar aquele-cujo-grito-é-medonho-e-faz-tremer-a-terra.

A senhora-das-flores-da-água-doce vestia apenas um cinturão, formado por cinco lenços transparentes. Ela caminhava com os pés descalços, os seios nus e os cabelos soltos sobre os ombros. Oxum Apará andava-como-se-dançasse-voasse-no-vento-sobre- as-águas e o seu corpo exalava um perfume maravilhoso. Quando aquele-que--dança-com-a-espada viu aquela-que-dança-com-o-leque-espelho, o exaltado ficou apaixonado e não conseguia desviar os olhos da senhora-das-águas-e-flores-do-rio.

A dança e o vento faziam flutuar os lenços que ela amarrara na cintura, e por instantes Ogum podia vê-la toda nua, a buceta em pelos. Oxum passava os dedos por entre as coxas, levava o mel para a boca, lambuzava os lábios e caminhava em sentido contrário à floresta, voltando para a cidade. Ogum, transtornado, seguiu a mulher esfíngica, que fingia não vê-lo, deixando tudo para trás, sem se importar com nada.

Ele só queria abraçar a senhora-dos-lindos-olhos e fazer amor com ela, aqui-ali-em-toda-parte. Quando percebeu, os passos da menina-mel-que-dança-ijexá o levaram de volta à cidade, para onde ele jurou nunca mais voltar, no-jamais-do-nunca.

Seduzido pela dança de amor de Oxum Apará, o senhor-dos--metais-ferrosos fez nova promessa: que ficaria no-para-sempre junto com os demais orixás, fabricando as ferramentas que eles precisassem. Houve festa na cidade, regada a vinho-de-palma, para celebrar a volta de Ogum, o poderoso orixá. Depois caiu a noite, o sempre-irado deitou-se com a moça-de-lindos-olhos e fizeram amor até a lua nova sumir do céu.

* **

Ele-o-beira-abismo já não sentia mais a raiva-dos-amantes--aqueles, após ruminar tanta mágoa pelo moleque-trovoada e a menina-ventania, entretanto, sentia alguma coisa nova como um bezerro recém-parido, um vazio de poço fundo, um som pesado nos dentros, um lume-luzeiro de indignar-se. Jorge viajou muito, o andarilho-de-pés-ligeiros, o-peregrino-ventania; conversou com uns e outros, viu e sentiu muitas coisas nas ruas de terra batida, pedra e concreto, em barracos-de-tábuas-e-zinco e casas de alvenaria, desde que o capitão-do-mato-ele-o-demo-o-esconjuro virou presidente do país, oh-a-insanidade-oh-minha-loucura. Que luas-e-sóis-remoinhos são esses, pergunta ele-aquele-o-ferreiro-malhador? Luas-e-sóis-remoinhos em que a mula-sem-cabeça corre louca pela floresta, em que o boitatá não diz bom dia ao curupira nem ao negrinho do pastoreio, só-a-unha-encravada-do-pesadelo. Os-olhos-furados-da-serpente-jararacuçu, o medo. Os-pés-voltados-para-trás-do-corcunda, o medo. O-chapéu-do-homem-sem-cabeça-e-pescoço, o medo. O-aperto-de-mão-do-beto-bebeto-sem-braço-ou-dinho-mindinho, o medo. A-baba-acre-da-cabra-cobra-cega, o medo. A-sombra-que-assombra-o-quarto-escuro, o medo. Os-ganchos-com-rostos-de-gente-do-caranguejo, o medo. A-menina-arrastada-na-rua-pelos-cabelos, o medo. As-costelas-para-fora-da-índia-torturada, o medo. Se o senhor estivesse ali, no olho-da-quizumba, se visse as visões-do-inferno, também sentiria medo. O Inominável. O que o mano-dos-ferros sentia, porém, não era raiva, nem medo, mas outra coisa, talvez sem nome. O senhor é instruído, sabe o que está ocorrendo no Brasil, não é? A formiga sabe e não sabe. A anta sabe e não sabe. A arara sabe e não sabe. O soldado-da-polícia sabe e não sabe. O padre sabe e não sabe. O banqueiro-e-o-fazendeiro sabem e não sabem. Até a porteira-do-hospício sabe e não sabe, nem quer saber, ou tem raiva de quem sabe, o-diabo-que-o-carregue-até-os-quintos-dos-infernos, *papé satàn, papé satàn aleppe*.

Jorge sabia de muitas histórias-dizeres-do-povo, ele-o-aquele-que-está-sempre-atento. E soube da morte-matada-matadora de Evaldo-o-sambista; Evaldo-o-músico-negro;

Evaldo-o-ele-aquele-que-tocava-cavaquinho, e não tocará no sempre-jamais; quando anoitecer, ele não dançará sua dança, se a lua sumir no céu, ele não beberá sua bebida, e quando a manhã clarear, ele não beijará sua mulher, ele-o-decomposto, ele-o-disforme, ele-o-desencarnado, ele-o-aquele-que-está-no-orum. Evaldo dirigia seu carro na estrada de Camboatá, em Guadalupe, no Rio de Janeiro, foi em março ou abril? Ele estava com a mulher e o filho, quando foi alvejado por soldados que o confundiram com um ladrão. Foram oitenta tiros, disse um, cento e vinte, disse outro, duzentos e cinquenta, disse aquela, uma fuzilaria, ninguém sabe o-certo-ao-certo, seriam oitenta e quatro, cento e dez, duzentas e trinta, trezentos disparos do pau-que-cospe-fogo? O senhor considere, é negro-mulato-retinto, o acontecido poderia ter sido comigo, com o senhor, com o seu pai, com o seu filho, com qualquer outro negro, com qualquer negra, com um branco ou branca que se parecesse com negro ou negra, porque os brancos pobres-podres se parecem com negros, que se parecem com o lodo, com a noite, com a morte. Vivemos no tempo da oh-a-insanidade-oh-minha-loucura. E no-depois? Luciano, o-catador-de-papéis que estava por lá, com seu carrinho de trastes, em má-sina de má-hora foi até o carro para ajudar Evaldo, e foi morto também, abatido pela fuzilaria dos asmodeus. Eu não disse ao senhor? Este é um tempo de medo, luas-e-sóis-remoinhos-de-horror. O senhor não sabe de nada disso, não é? Se soubesse, o que o faria?

* **

Disse-nos o pai, que ouviu de seu avô, que ouviu do bisavô, que ouviu de outros ancestrais, que um negro nagô estava sempre ocupado, semeando as terras dos outros.

Porém, os donos das terras sempre mandavam o negro embora, quando não era período de cultivo ou colheita. Se ele não trabalhava, então passava fome, e também sua mulher, filhos e netos. Disse-nos o pai, que ouviu de seu avô, que ouviu do bisavô, que ouviu de outros ancestrais, que o pobre homem foi consultar o babalaô, para saber o que fazer e melhorar a sorte. O babalaô, sacerdote de Orunmilá, jogou os búzios e disse para ele que fizesse um ebó na mata.

O negro nagô, lavrador sem-terra, juntou tudo o que era necessário e ofereceu o ebó num sítio próximo, mas fez tanto barulho com as comidas, velas e tigelas que chamou a atenção de Ogum, dono daquela propriedade. O negro percebeu a presença do orixá e caiu a seus pés, pedindo perdão. Ofereceu-lhe todas as coisas boas do ebó, como reparação. Ogum ficou satisfeito e perguntou-lhe por qual motivo estava naquele lugar proibido, e o que pretendia com o seu despacho. O homem contou tudo, de como era explorado pelos latifundiários ricos, e como sua família amargava na miséria.

Ogum então disse ao lavrador que ele desfiasse folhas de dendezeiro-mariwô e as colocasse nas portas das casas de seus amigos, marcando assim quais habitações seriam respeitadas. Quando chegou a noite, Ogum saiu e destruiu a cidade de onde veio o camponês, menos as casas marcadas com as folhas-mariwô. Tudo foi destruído. Ogum não aceita injustiça, não tem piedade dos impiedosos. E assim aconteceu. Ogum Akorô destruiu todas as casas e fazendas, menos os lugares marcados pelo camponês.

Ogunhê!

* **

Disse-nos o pai, e também a mãe e as irmãs e irmãos mais velhos, que no início do mundo havia uma vendedora de acaçá que procurou um babalaô em busca de um feitiço para melhorar de vida. Ela era muito pobre. O adivinho jogou os búzios e disse para ela fazer um ebó. Depois disso, passaram-se luas e sois, Ogum Akorô apareceu na cidade com a sua falange-de-lanças-e-espadas e pediu à pobre mulher que desse comida aos seus guerreiros. Ela não tinha muita comida em casa, mas preparou os pratos de que Ogum gostava, inhame, farofa, feijoada, cabrito e ofereceu a ele, com humildade. Ogum comeu os quitutes da vendedora de acaçá com sua tropa-legião até ele e todos os seus homens ficarem satisfeitos. Ogum-o-poderoso não tinha dinheiro para pagá-la, então dividiu com a mulher as riquezas que obteve na guerra, o ouro-e- prata-do-butim-das-pelejas, e ela ficou riquíssima. Ogum é generoso com seus devotos.

(Relatos da tradição iorubá, em adaptação livre.)

* **

Jorge sabia da oh-insanidade-oh-minha-loucura. Ele caminhou pelas trilhas-do-ayê, ele-o-peregrino, ele-o-de--pés-rápidos, em-viagem-vertigem-ventania e não aceitava tantos horrores. O que ele-um-só-ele poderia fazer, se sabia apenas o ofício dos metais? Jorge pensou, pediu uma luz-de--lume-deslumbre a Oxalá-Obatalá-Orinxalá e então recebeu um raio-de-flama-alumbramento do orixá fun-fun: ele seria a memória de todo o triste acontecer-acontecido, de todas as luas-e-sóis-remoinhos-de-horror. O ferreiro-ferrador pesquisou muita coisa, desde quando o poviléu manipulado protestou por vinte centavos até a vitória do capitão-jurupari--anhanguera, anotava nomes, datas e lugares de cada tragédia, reunia as informações disponíveis e criou um imenso arquivo digital com textos e imagens que poderiam ser consultados no presente e no futuro, quando a sanidade voltasse a reinar no Brasil. Porém, num piscar de olhos, a loucura se multiplicava em mil, como Exu Yangui, perseguido por Orunmilá, armado de machado, que se multiplicava em dezenas, centenas, milhares de exus-exuzelhos-exuzins. Jorge logo se deu conta da impossibilidade de seu projeto, então formou uma rede de colaboradores – estudantes, professores, economistas, sociólogos, sindicalistas, ativistas sociais, donas de casa, que pesquisavam os malfeitos-brutescos-malafaias contra o poviléu-aluvião, as injúrias-e-morticínios contra a indiarada, as tragédias ecológico-ambientais, e cada dado recebido era registrado, inclusive com depoimentos gravados em vídeos. Ele compartilhava as informações que recebia com centrais sindicais, entidades da sociedade civil, movimentos populares e órgãos de defesa dos direitos humanos, enviava informes para jornais alemães, franceses, ingleses, russos, japoneses, americanos, para que nada ficasse escondido, esquecido. Amigos do mano-ferroso zombavam, amigos mangavam, amigos escarneciam, diziam que isso era inútil, ninguém seria preso por matar pretos. O mundo sempre foi assim. O importante era ter saúde e trabalhar, como os jegues que puxam carroças cheias de sacos. Brasil, ame-o ou deixe-o, quem-ama-não-reclama. Era preciso confiar no capitão-do-navio-fantasma, ele-o-ungido-pelo-pastor-do-divino-jesus. Jorge ouvia, ouvia, ouvia, discutia cada ponto de vista, contava o que sabia, esclarecia João e Maria, para que ninguém se esquecesse de Mariana, Brumadinho, Amazônia, Pantanal e muitas outras tragédias. Eles e elas troçavam do mano-ferroso, mofavam dele, o desvairado. Jorge não se importava. Sua luta era pela verdade. E Jorge não tinha medo. Voinha Nanã cantava esse oriki para mim, nas noites em que eu sentia medo: *Ogum Onirê pisca o olho / e cai um dedo do mentiroso. / Pesca o peixe sem ir ao rio. / Molamolá — farejador de farelos — / livra seus filhos do abismo. / Ogum Ondó viajou a Ará e a incendiou. / Viajou a Irê e a demoliu. / Senhor de Ifé, / livra seus filhos do abismo. / Ogundelê malha o ferro / e faz flechas de flagelo. / Que não falte o inhame. / Que não falte massa de pão. / Pai do meu avô, livra seus filhos do abismo. / Ogunhê!*

* **

Depois que o mundo foi criado, os orixás reuniram-se em assembleia para discutirem o destino dos mortais, formados a partir do barro das lagoas profundas de Nanã e do sopro divino de Oxalá. As yabás, porém, foram excluídas da assembleia, porque não tinham o direito de opinar. Oxum, orixá-dos-rios-e-lagoas-de-água-doce, ficou muito ofendida com isso e como vingança condenou todas as mulheres à esterilidade, para a raça humana acabar. Se um homem deitasse com a sua mulher, não geraria filhos. Desse modo, não haveria herdeiros para as famílias aristocráticas, não haveria ninguém para honrar os ancestrais, nem camponeses e guerreiros para o sustento e defesa das tribos. Houve então grande tristeza nas aldeias e os humanos, desesperados, imploraram a graça de Olorum. O divino-supremo ficou sabendo que Oxum foi excluída da assembleia e aconselhou os orixás a convidarem a senhora-dos-rios-e-das-cachoeiras e todas as yabás para participarem das reuniões. Oxum, a princípio, recusou o convite, orgulhosa, dizendo que não se importava com o destino de deuses e mortais, mas todos os orixás suplicaram, até finalmente ela ceder. Desde então, Oxum senta-se ao lado de Oxalá em todas as assembleias dos orixás. Dessa maneira, as mulheres voltaram a engravidar, a gerar bons filhos e a terra prosperou.

* **

Conceição, a moça-dança-pássaro, ela-aquela-filha-de-oxum-apará, ensaiava com o bloco de rua para o desfile de carnaval. Dançava com seus colares, dançava com suas pulseiras, dançava com suas miçangas, dançava com sua coroa de contas coloridas, toda vestida de amarelo, segurando o leque-espelho-abebé. Ela estava feliz-feliz. Foi ao Xico Tatoo fazer uma tatuagem nas costas com a figura da deusa japonesa Benzaiten, que rege o amor, a música e tudo que tem fluidez. Ela também tinha *tatoos* nas coxas, bunda, pés e nos pequenos peitos de mamilos marrons, menina-onça-do-rio-tatuada-de-beleza-odara. Quando a moça dançava, quando fodia, quando se banhava, a imagem da deusa japa se mexia em sua pele, ganhava vida, como se fosse flutuar, escapar da epiderme da moça-lindeza-preta. No Largo do Pelourinho, após o ensaio do afoxé, ela caminhou pelas ruas estreitas de pedra até a casa-de-feijoada de dona Alaíde, para provar seu caldo temperado, beber uma cerveja escura e celebrar, sozinha, sua saída da empresa de *design* do Seu Giuseppe, o italiano-de-bigodes-com-as-pontas-para-cima. Ela cansou das jornadas extenuantes, impostas pelo gringo desbriado abusado: doze, catorze horas por dia, fazendo trabalho de secretária, assistente, cozinheira e moça do café, você pare, você me deixe, viu? A filha-de-oxum queria mais tempo para viver sua vida, não era mucama de madama, nem escrava de escritório, queria sair à noite com os amigos, namorar, estudar, ir ao cinema, ouvir a batucada do Olodum, ir às festas do terreiro, enfim, fazer aquilo que quisesse, sem o filho da puta de um capitão-do-mato para fiscalizá-la. Mainha ficou aborrecida com a decisão da filha, mas conhecia as manhas e manias dela, a caprichosa; ninguém mandava em sua vontade. Na mesma semana da demissão, a menina-das-miçangas leu em um site de empregos um anúncio de trabalho interessante, numa agência de notícias, com jornada de oito horas, no centro de Salvador, amanhã ela iria fazer a entrevista. Hoje, porém, era dia de festejar a alforria! Após sair da casa-de-Alaíde, a moça andou pela praça, viu vestidos numa loja, comprou sandálias, comeu um acarajé apimentado e foi para casa, pensando na entrevista e no emprego novo.

* **

Tudo nesse mundo é misterioso e desconcertante desde o início dos tempos. Olodumare, antes da criação, entregou um saco para Oxalá e disse a ele: você vá, você caminhe, você despeje o conteúdo desse saco nas quatro direções, para criar o universo. Oxalá caminhou pelo vazio-do-não-criado, passou por Exu e não o cumprimentou. Exu ficou zangado. Exu quer ser saudado, antes de qualquer trabalho. E resolveu pregar uma peça em Oxalá: fez com que ele sentisse uma sede imensa, insaciável. Oxalá passou por um rio, no nada-do-vazio, sentiu sede, mas não bebeu dessa água. Passou por um segundo rio, no-nada-do-inexistente, e resistiu também. Por fim, Oxalá viu uma árvore, um dendezeiro, e quase desmaiando de sede bateu no tronco com o seu cajado opaxorô e bebeu o vinho-de-palma que jorrou da fenda na árvore. Oxalá bebeu, bebeu, bebeu, caiu no sono e dormiu, ao lado do saco da criação. Odudua, que assistiu a tudo, pegou então o saco mágico e com ele criou os planetas, os mares, as montanhas, os rios, os países e todas as coisas do universo-ayê.

Quando Oxalá acordou e notou o acontecido, cheio de ira e vergonha, foi falar com Olodumare, o orixá supremo, que o consolou e conferiu a ele uma outra missão: criar os seres humanos, a partir do barro das lagoas escuras e pântanos, barro oferecido por Nanã

Burukê e animado pelo sopro divino. Oxalá cumpriu essa missão e moldou os seres humanos a partir do barro, mas às vezes caía no sono, por causa do porre de vinho-de-palma, e algumas estátuas ficaram tortas ou deformadas, gerando os corcundas e aleijados ou ficaram muito brancas, porque retiradas logo da fornalha, e assim surgiram eles-aqueles-os-albinos. Todos nós descendemos de Oxalá, nosso pai, aquele-que-está-no-orum, e de Yemanjá, nossa mãe, aquela-que-está-no-mar; da união entre Oxalá e Yemanjá nasceram todos os orixás, que regem nossas cabeças, nossos destinos.

Epa Babá Oxalá!

* **

Quando Conceição acordou, na manhã seguinte, colocou o seu melhor vestido, todo amarelo, pintou as mãos das unhas e dos pés, passou batom, se embelezou toda, onceza-odara, como se fosse para uma festa, e saiu de casa para fazer a entrevista. O escritório da agência de notícias ficava em um prédio comercial no centro, próximo à Fundação Gregório de Matos, na Ladeira da Barroquinha, perto da Praça Castro Alves e da Baixa dos Sapateiros. A moça caminhou entre os vendedores de bolsas, tapetes, chapéus, cintos e sapatos, deu uns trocados para um pivete sentado na frente do bar e então encontrou o prédio que procurava. Ela subiu no elevador, desceu no décimo-terceiro andar, caminhou até a sala 135 e tocou a campainha da Agência de Notícias Ogum Alagbedê. Ninguém atendeu, ela tocou mais uma, duas vezes a campainha, já um pouco irritada. Na terceira tentativa, quem abriu a porta para atendê-la foi o diretor da agência, um ele-quem-o-alguém que a moça conhecia, e não via há muito tempo, desde antes de sua viagem ao Rio de Janeiro, um-ele-oh-alguém que também ficou surpreso ao revê-la, os dois emudecidos, abobados, apenas olhando um para o outro, amatutados.

VI

Oxum banhava-se todas as manhãs numa lagoa nos fundos da mata. Esta é a história que as nossas mães contavam, e antes delas as nossas avós e bisavós.

A senhora-dos-rios-de-água-doce banhava os cabelos, o rosto, os seios, as costas, as coxas, as pernas, os pés, todo o seu corpo lindo, e lavava as suas pulseiras, colares e anéis, cantando Ìba Òsun sekese / Ìba Òsun olodi / Latojoki awede we'mo / Ìba Òsun.

Depois de banhar-se, Oxum gostava de caminhar nua pelas margens da lagoa, pisando no musgo, cascalho, folhas e areia com os seus delicados pés.

As pedras úmidas e cobertas de musgo que ela pisava ficavam lisas e redondas como se fossem pequenas luas ou joias dos cabelos de Oxum-Dandalunda.

Esta é a história que as nossas mães contavam, e antes delas as nossas avós e bisavós.

A dona-dos-rios-e-cascatas caminhava nua nas margens da lagoa à espera de um homem que viesse apreciar sua beleza.

Ela repetiu o ritual por tantas luas e tantos sóis que as pedras pisadas por seus pés foram ficando gastas até viraram seixos.

Um dia, surgiu próximo à lagoa um caçador--flecheiro, um odé da falange de Oxóssi-Akueran, o senhor-do-arco-e-flecha-que-sempre-acerta-o-alvo.

Oxum apaixonou-se loucamente por ele.

A moça dançou suas danças-de-água e seduziu o caçador, que admirou seu corpo desnudo, mas não viu o seu rosto, coberto por uma coroa de contas coloridas.

Quando o rapaz convidou a dona-dos-rios-e-cascatas para vir à terra firme, ela foi-indo-no-foi-indo-e-já-foi, mas sua coroa de contas voou para longe com o vento.

O rosto da deusa ficou descoberto.

Oxum estava velha e feia, porque há muitos anos ficara sozinha na lagoa nos fundos da mata.

Seus olhos estavam esbranquiçados, a pele do rosto, flácida, os dentes já não eram belos como a madrepérola.

Era apenas uma mulher velha e feia.

O caçador não acreditou que essa era a moça que tanto o excitara, dançando suas danças na água, e, decepcionado, repudiou e ofendeu Oxum.

Ele a chamou de velha feiticeira, mulher-pássaro Iá Mi Oxorongá.

Disse também que iria até a aldeia, avisar aos moradores que a lagoa era assombrada por um fantasma, por uma bruxa, por uma mulher-demônio.

Oxum, ela-a-medonha.

A orixá-do-ouro-e-do-cobre ficou enfurecida porque não sentiu o passar do tempo: tornou-se Oxum Ijimu, a velha e feia senhora da lagoa.

Oxum, ela-a-horripilante, não podia deixar que o caçador fosse até a aldeia contar o seu terrível segredo e o matou com a lâmina de seu punhal-idá

Depois, atormentada, mergulhou nas águas da lagoa e transformou-se em peixe.

A beleza de Oxum, porém, ficou para sempre gravada nas pedras das margens da lagoa, pisadas por seus pés.

A beleza de Oxum ficou ali para sempre.

Quando sobem as águas da lagoa, Oxum-o-peixe-de-escamas--douradas nada até a margem, contempla as pedras polidas e lembra de sua antiga beleza.

Esta é a história que as nossas mães contavam, e antes delas as nossas avós e bisavós.

Agora, nós a contamos para as nossas filhas, e para as filhas de suas filhas.

Axé!

* **

Ele-a-viu-ela-o-viu-no-assim-assim-do-alvoroço. O senhor imagine. Ela-alindada-airosa. Ele-o-fulo-enfuriado-oxe. Eles--se-viram-no-arre-no-erre-no-irre-no-orre-no-urra-da-fúria. Eles-os-dois na porta do escritório na Ladeira da Barroquinha. O senhor acredita? Ela-a-moça-da-lagoinha-toda-vestida-de--amarelo-topázio. Ele-o-remordido-em-camisa-social-azul-marinho. Eles-os-dois-no-se-olhando-no-se-mirando-mudos. Há raivas cegas, o senhor sabe; raivas surdas; raivas mudas. Sabe aquilo-que-dói-nos-fundos-do-lá-dentro? O que corrói a entranha. O eco no nervo, no oco do osso. As erínias, o senhor sabe? Elas-as-fúrias-elas-as-megeras. O lobo perdoa a serpente? O peixe perdoa a baleia? O cego perdoa o poste? A ponte perdoa o suicida? Quem perdoa o curupira, o lobisomem? A moça do cabaré perdoa o cafetão que no-fim-do-fim sumiu com seu dim-dim? Nunca magoe aquele-que-malha-os-ferros, evite a imprudência; nunca magoe aquela-que-dança-nas-águas-da-lagoinha. Os eles-dois-se-viram-e-não-se-viram, nas cismas-do--que-fazer, ficaram lá-no-lá, emudecidos. Então ele disse:

– Bom dia.

Então ela disse:

– Bom dia.

Um abre a porta, a outra entra, a porta se fecha. Agora, o senhor imagine: eles-os-dois estão ali, no décimo-terceiro andar, na sala 135, na Agência de Notícias Ogum Alagbedê, para uma entrevista de emprego. Ele está sentado em sua poltrona na escrivaninha da sala, decorada com reproduções de Manabu Mabe e uma espada de samurai em cima de uma mesinha, junto a um rolo de caligrafia japonesa e um vaso de arranjos florais. Ela senta em frente ao ele-que-é-outro-com-olhar-de-quem--sou-quem-és-tu. Ele carecia de uma secretária que atendesse ao telefone, anotasse recados, organizasse agenda, recebesse *press-releases*, enviasse *newsletters*, respondesse *e-mails* alimentasse as mídias sociais, divulgando notícias sobre a violação dos direitos humanos no Brasil. Ela-a-moça-da-lagoinha-em-amarelo--topázio tem experiência nessas tarefas? Sim-oh-sim-senhor, disse ela-a-acanhada, ela-a-recatada, como se nada soubesse daquele-que-ela-trocou-por-outro-e-foi-por-esse-trocada-por--outra-também. O desafeto-quizila-azedume-de-ambos, o moleque-trovoada, ele-o-negro-vermelho. Chuva que caiu ontem ainda molha a folha da samambaia, dizia voinha Nanã, aquela--que-foi-trocada-por-não-se-sabe-quem-nem-quando-ou-onde, desde o sumiço de meu avô-nagô, negro fujão da fazenda do Seu Juão, lá em Cruz das Almas. Enfim. Ambos odiavam Jerônimo, o filho de Seu Oraniã. Ele-o-traído, ela-a-traída, eles-atraídos-atraiçoados.

– Aceita um café?

– Sim, obrigada.

Conversaram os dois nos ohs-e-ahs-da-civilidade. Ele mostrou o escritório para Conceição, ela-que-foi-aquela-a--mesma-que-hoje-é-quem-é-a-outra, falou de suas viagens por lugares-de-cicatriz-e-desalento, de suas andanças em Santo Amaro da Purificação, no Quilombo Rio dos Macacos, em tantos outros lugares de perambulação, disse a ela tudo-do-tanto-que-viu-e-ouviu, as misérias moídas, as ruindades. Ele, só ruminações. Confessou a sua revolta e impotência, o seu desejo de fazer alguma coisa, por pequenina, mínima ninharia que fosse, para divulgar no lá-fora-o-mundo-*all-the-world* as maldades mofinas que aconteciam no Brasil; um dia, haveria justiça, pensava o ferreiro-malhador, aqueles crimes contra o povo pobre seriam investigados e os maldosos punidos no-de-direito-da-lei. Ele acreditava nesse ideal, no-fundo-do-fundo-do-coração, e a moça ouviu quieta, recebia as palavras de Jorge com surpresa, carinho, admiração, como se não conhecesse aquele homem, como se ele fosse outro. Ela contou sobre a sua viagem ao Rio de Janeiro, trabalhos e estudos, confessou a vontade de colaborar, de somar sua voz às vozes-denúncia, vozes-vermelhas, vozes-berrantes, para formarem um único e imenso vozerio, um grito-só-trovão-alarido. O que acontece no Brasil não pode ser esquecido, nem perdoado; por isso se carece de preservar a memória das atrocidades, pensavam ele-e-ela-reunidos-no--agora-eles-nós. Eles-os-dois se entenderam assim na conversa, sem os oh-meu-deus do ressentimento, sem as águas passadas da mágoa; eles se olharam de um modo diferente, ele-no-olho-dela-ela-no-olho-dele, assim-no-com-respeito, na seriedade, como se um nunca tivesse visto o olhar do outro, o senhor acredite nas palavras que digo e acredite no canto do periquito verde. No depois do desmancha-mágoa, trataram das formalidades; o trabalho é de oito horas, Jorge tem a oficina e passa no escritório às vezes, para ver como anda tudo. Conceição pergunta se terá carteira assinada, vale-transporte, vale-refeição, essas coisas todas. Jorge responde que contrata seus funcionários respeitando os direitos deles, não quer ser capitão-do-mato, capataz-de-bicho-ruim. Os eles-dois apertaram as mãos e a moça procurou o RH para os acertos na carteira azul. A vida tem essas ironias bufas, essas estranhezas, como a onça parindo macaco albino. Conceição era a nova secretária de Jorge, foi-assim-no-está-sendo, ela feliz como se ouvisse um canto verde.

* **

O-velho-que-joga-as-conchas-brancas-do-ifá-contou-para-nós-essa-história.

Ogum, ele-o-peregrino-ele-o-caminhante, estava cansado de viver no orum, no palácio-de-pérola-e-madrepérola dos orixás.

Ele resolveu viver ao ayê, o mundo-da-treva-e-do-pó, para ensinar o que sabia aos homens e mulheres, forjados pelo barro de Nanã e pelo sopro divino de Oxalá.

Antes da viagem, o senhor-que-conhece-todos-os-caminhos consultou o jogo do ifá, e o velho babalaô disse a ele que oferecesse um ebó, antes de seguir sua jornada.

Ogum ofereceu as comidas, velas e cachaça numa encruzilhada e desceu para o mundo-ayê-dos-mortais, onde existe nascimento, velhice, doença e morte.

O senhor-dos-metais-rutilantes caminhou até a aldeia mais próxima e foi bem-recebido pelos caçadores-odés da tribo, que usavam lanças, facas e flechas de madeira.

Com essas armas, eles caçavam, pescavam e traziam comida para suas famílias.

O senhor-do-fogo-e-da-forja ensinou os humanos a usarem armas de ferro para caçar e pescar, e também a produzirem todas essas novas ferramentas.

Os caçadores ficaram felizes com as novas armas que receberam de Ogum; agora, poderiam trazer muito mais carnes e peixes para suas famílias.

Aquele-que-vence-todas-as-batalhas também ensinou como forjar ferramentas agrícolas, a enxada, foice, pá, ancinho, arado, facão, e as técnicas de cultivo do milho, do inhame e de outros alimentos, para que nunca mais houvesse fome.

Ogum é o princípio ativo-criativo de tudo o que existe no mundo, é o senhor da tecnologia, da guerra, dos trabalhos e dos caminhos. É o irmão de Exu, Oxóssi, Xangô.

Os moradores da aldeia fizeram uma festa em homenagem a Ogum, com muitos pratos saborosos, e o proclamaram Ogum Onirê, o rei de Irê, ele-aquele-o-poderoso.

* **

A menina-de-turbante-amarelo estava feliz, ela-toda-lábios, ela-feliz-até-os-ossos.

No primeiro dia de trabalho, a moça-da-lagoinha colocou em cima de sua mesa um pequeno jarro com rosas amarelas, um quartzo-rosa e um porta-retrato com foto do afoxé Filhas de Oxum. O carnaval estava próximo e ela iria desfilar paramentada com a saia amarela rendada, o espelho em forma de leque e a coroa de contas coloridas.

Ela seria Oxum Apará, a filha favorita de Yemanjá, senhora-dos-rios-e-cascatas, a dona-dos-lagos-de-água-doce, *ora iê iê ô.*

À noite, Conceição dividia seu tempo entre os ensaios do bloco-afoxé e as aulas de história da arte – ela amava os quadros de Renoir, Degas, Monet – o Monet da série das ninfeias, em especial, pelos jogos de luz e nuances de cor nas paisagens das flores aquáticas. Jorge preferia Manabu Mabe, as cores fortes e imagens imprecisas, os borrões de tinta na tela, as caligrafias japonesas, feitas à nanquim sobre papel de seda, as gravuras coloridas feitas em madeira no estilo *ukiyo-ê*, ou "imagens do mundo flutuante", que tanto encantaram Van Gogh. Jorge estava encantado com a cultura japonesa, desde que começou a praticar a arte da espada samurai com um mestre muito louco que descobriu em Salvador, *sensei* Yamato, o japa-*black-power*, ninja-com-jeito--de-crioulo-negão. Com o passar dos dias-semanas-meses, o gelo foi se quebrando entre Jorge e Conceição, que passaram a conversar mais, nos breves intervalos do trabalho. Eles falavam sobre arte, política, assuntos-assim-no-sem-importância, tipo as compras no supermercado, o sumiço da filha de dona Adalgisa, a tarde-de-chuva-ou-de-sol, o-falar-pelos--ombros-pelos-cotovelos. Um gostava da presença do outro, da voz-cheiro-pele-olhar-do-outro. Tudo estava bem para a moça-que-dança-na-beira-do-rio.

* **

Tia Maria, a-negra-encurvada-da-casa-grande, sabia muitas histórias.

Ela cozinhava as carnes, verduras, legumes, doces, preparava o pão caseiro para os brancos, amassando a farinha de trigo, e à noite contava causos para os negros.

Uma noite, quando a lua estava toda escura no céu, como a pele de Yemanjá, ela contou para os negros a história da criação, que ouviu de sua mãe, de sua avó.

Este era um segredo-de-pérola, que não se conta para qualquer um.

Diziam os velhos, em suas canções, que havia dois mundos, o ayê, onde viviam os homens, mulheres, animais, peixes e pássaros, e o orum, habitado pelos seres sagrados.

Nos tempos antigos, o orum e o ayê não estavam separados. Os orixás do orum podiam visitar o ayê, e os humanos do ayê podiam entrar no orum.

Até acontecer uma violação, que foi punida por Olorum-Olodumare.

Um homem que caminhou no orum tocou o chão com as suas mãos sujas, levando impureza ao espaço sagrado e faltando ao respeito com os orixás, que ficaram furiosos.

Olorum-Olodumare soprou então o seu ufurufu, ou hálito sagrado, que criou o céu, limite-fronteira entre os dois mundos.

Desde então, os seres não podem mais transitar livremente entre os dois reinos.

Há uma outra história, porém, que é diferente, contada por Pai Joaquim, o-preto-velho-que-sabia-todas-as-histórias-e-cantigas.

Diz que uma mulher desejava muito ter filhos, mas era estéril. Então, ela rezava todas as noites a Oxalá, pedindo ao deus-que-sempre-se-veste-de-branco que lhe desse um filho. Oxalá resistiu, resistiu, resistiu, mas por fim atendeu ao desejo da mulher.

Ela teve uma criança, um menino.

Oxalá, porém, disse à mulher que o seu filho jamais poderia cruzar os limites entre o orum e o ayê. Ela e o marido aceitaram a exigência do deus, o-velho-corcunda-que-sempre-caminha-apoiado-no-cajado, ele-o-aquele-que-come-caracóis.

O menino foi instruído a jamais desafiar aquela interdição, imposta por Oxalá, rei dos orixás, e cresceu forte, inteligente, vigoroso.

Quando atingiu a puberdade, porém, o jovem ficou com muita curiosidade em saber por que o pai sempre saía escondido, de madrugada, para ir trabalhar no campo.

Ele teve uma ideia: fez um pequeno furo no saco que o seu pai sempre levava consigo, e que continha um pó escuro, cinzento.

Assim, ele poderia seguir a trilha escura deixada pelo pó e descobrir o segredo.

No dia seguinte, o garoto acordou cedo e seguiu a trilha de pó deixada pelo pai, que tinha terras na fronteira com o orum.

O menino agora sabia de tudo.

Ele entrou na zona proibida e caminhou por lá com arrogância, sem respeitar ninguém e nenhum dos avisos de que voltasse para casa.

Ele atravessou os vários círculos do orum até se aproximar do lugar onde estava o rei Oxalá, o-ele-aquele-que-sempre-se-veste-de-branco.

O rei dos orixás ficou irritadíssimo com o desafio a sua autoridade.

Obatalá-Orixanlá-Oxalá então arremessou o seu poderoso cajado, o opaxorô, que seguiu todos os campos do orum até cair no ayê, como um relâmpago pavoroso, separando os dois mundos para sempre.

Estas foram as histórias-de-pérola que foram contadas aos nossos pais e avós por Tia Maria, a-negra-encurvada-da-casa-grande, e por Pai Joaquim, o-preto-velho-que-sabia-todas-as-histórias-e-cantigas.

* **

Conceição chegou na agência de manhã, ligou o *lap top* e recebeu as primeiras notícias do dia. Sua tarefa inicial era fazer o *clipping* das matérias mais relevantes.

Depois, responder aos *e-mails*, preparar a *newsletter*, arquivar as informações em bancos de dados, com pastas específicas para os casos de racismo, machismo, homofobia, violência policial e outros assuntos relacionados aos direitos humanos.

Todo esse material era organizado de modo que qualquer pessoa tivesse acesso às matérias em pouco tempo, acessando o site da Ogum Alagbedê.

Pesquisadores que buscassem reportagens sobre a violência contra a mulher entre 2016 e 2020, por exemplo, poderiam acessar todas as informações disponíveis.

Uns tipos-otários-manés repetiam: tudo isso é inútil. Para que armazenar notícias que logo serão velhas, esquecidas, coisas que ninguém quer saber? Tudo isso é bobagem, perda de tempo. O senhor sabe: quem é xucro-matuto-miolo-mole, peça a deus que o mate e ao diabo que o carregue. A anta-do-parvo é pior que cobra sucuri, pior que lamaçal em dia de chuva e o corcunda só se corrige no fundo da cova, a sete palmos de terra, dizia voinha Nanã.

Conceição achava que esse era o único trabalho que fazia sentido.

Pela primeira vez na vida, ela sentiu que estava fazendo algo importante, necessário. E o mal-estar causado pelo reencontro com Jorge logo mudou para uma admiração imensa como as águas do rio. Ele não era mais o rapaz irritado, ciumento, que ela conheceu. Parecia ser um outro homem, um homem que ela poderia até amar.

* **

Oxum, a senhora-das-cachoeiras, casou-se com Xangô, aquele-que-leva-o-machado-de-duplo-gume, e foi morar no palácio do alafim. O senhor-das-pedras-de-raio logo notou que sua mulher, aquela-que-canta-nas-águas-do-rio, detestava as tarefas da casa; ela passava as horas e os dias brincando com suas flores, pulseiras, colares e anéis, escolhendo vestidos e adornos, sempre olhando para o seu rosto, coberto com a coroa de contas coloridas, no abebé, espelho-em-forma-de-leque, presente de sua mãe Yemanjá, a-senhora-das-águas-salgadas. Xangô se aborreceu com a preguiça da esposa e mandou seus guerreiros prenderam a yabá no alto de uma torre. Exu Osijê, aquele-que-tudo-sabe-e-tudo-vê, sentiu pena da moça, de quem já foi namorado, e contou o acontecido a Orunmilá, aquele-que-sabe-todas-as-línguas-e-todos-os-destinos. O velho consultou o jogo de búzios, preparou um pó mágico vermelho e pediu a Exu que o desse para Oxum. A moça-mais-linda-que-as-flores-das-águas-do-rio jogou o pó sobre os cabelos e transformou-se em pombo, voou pela janela da torre e viajou até a casa do pai, onde voltou a brincar com as suas joias e espelhos.

Oxum ora iê-iê-ô!

* **

Oxum, a-senhora-do-ouro-e-do-cobre, vivia no palácio de seu marido, Xangô-fúria-fera-faiscante, mas não era feliz, pois o-senhor-das-pedras-de-raio só gostava de comer amalá, prato preparado com quiabo. Xangô era amoroso, dava presentes a sua companheira, roupas, joias, enfeites, mas na hora do almoço sempre havia discussão. "Você deve comer a minha comida", dizia Xangô e saía da mesa, muito bravo. Oxum começou a emagrecer, a ficar triste, pois passava fome na casa de Xangô. Um dia, Ogum, o-senhor-dos-metais-e-dos-ofícios, passou perto da casa de Oxum e perguntou o motivo de tantos lamentos, ao que ela respondeu: "nesta casa, tenho muitas riquezas, mas morro de fome". Ogum entregou a ela três galinhas. Oxum correu para a cozinha, as preparou e comeu. Quando Xangô voltou para casa, viu a esposa muito feliz e ficou desconfiado. Nos dias seguintes, Ogum continuou levando comida a Oxum, e ela ficou satisfeita. Um dia, Xangô chegou mais cedo em casa, descobriu tudo e iniciou peleja com Ogum. O orixá-das-pedras-de-raio lutou com o orixá-da-espada-faiscante em luta furiosa, mas um-este não conseguia vencer o outro-aquele, e Oxum, chorosa, pedia aos dois, filhos de mãe Yemanjá, que cessassem o embate. Por fim, a peleja avançou do palácio até uma estrada de terra, e da estrada de terra até a ponte sobre um rio, e Xangô, que era o fogo, temendo ser vencido pela água, rendeu-se.

Oxum voltou a ser a mulher de Ogum.

(Relatos da tradição iorubá, em adaptação livre.)

* **

Olho-no-gato-olho-no-peixe, Conceição estava atenta-to-do-o-tempo-a-tudo; ela via a loucura-só-loucura, a necrose, a lepra que se espalha na nação-horror.

Somos um país de monstros, ogres, valentões-quebra-ossos.

Todo-o-tempo ela recebia notícias sobre as ruindades-de--bode-preto cometidas contra índios, negros, pobres; era epidemia de cães-miúdos, capas-verdes, azucrins.

Eles-os-abominosos invadiam reservas indígenas, matavam jovens na periferia, estupravam mulheres, depredavam casas de axé, numa insanidade sem fim.

Eles-os-abominosos agrediam lésbicas nos vagões do metrô, batiam nos meninos que gostavam de meninos, até desfigurarem os seus rostos.

Era a loucura-só-loucura, a necrose, a lepra que se espalha na nação-horror.

Conceição, a menina-da-lagoinha, organizava todas as notícias sobre essas bizarrias, essas horripilâncias e ficava indignada, o que aconteceu com o Brasil?

Como chegamos a esse caos, a essa infâmia, a esse horror?

A menina-da-lagoinha gostava de falar com Jorge, às vezes tomavam um café ou cerveja depois do trabalho, e ela confessou estar um pouco frustrada, pois todo esse catálogo de demências--de-satanezes, armazenado com zelo, já circulava aqui-ou-ali nas redes sociais, não havia nada de novo, apenas o estupor da desrazão, do deliramento.

Jorge dizia a ela, com voz escura, pausada, que todo esse acervo era como uma mensagem guardada dentro de uma garrafa e jogada ao mar, para ser descoberta por algum-alguém-em-futuro-algum, quando o país estiver curado da lepra-paranoia-zumbi.

Não buscamos o-novo-pelo-novo, dizia ele, mas organizar a loucura, para que o mundo todo saiba o que aconteceu nesse país, depois que hordas de insensatos marcharam na Avenida Paulista e o transformaram nesse quartel-igreja-manicômio.

A moça aceitou a resposta, um pouco contrariada, e foi tocando o seu serviço, nos dias seguintes, sempre olhando para Jorge com um jeito de rio, uns olhares-de-púbis-e-orvalho. Até que aconteceu o alvoroço do espavento.

A agência começou a receber depoimentos de pessoas simples, o moleque da tinturaria, a vendedora de peixe, o sapateiro do bairro, o catador de papéis, que procuravam a Ogum Alagbedê para relatarem o que viam-sabiam-sofriam. De uma hora para outra, na espantação, homens, mulheres e gurizada começaram a telefonar para a agência, escrever *e-mails* ou a enviar mensagens de áudio ou vídeo, contando as cenas mais atrozes, que não foram divulgadas antes em nenhuma mídia ou rede social.

Era material novo, para a agência divulgar em primeira mão. Por que isso acontecia, de uma hora para a outra? Não há motivo, nem explicação, se o senhor quiser saber, pergunte ao Exu Tranca-Rua, ao Zé Pelintra ou à Maria Molambo, caso eles saibam a resposta. O fato é que a Ogum Alagbedê começou a dar visibilidade a essa gente, que nunca apareceu na mídia, e se tornou referência na divulgação de notícias sobre a violação dos direitos humanos no Brasil. Agora que a porca torce o rabo.

Conceição anotava nomes-datas-lugares, visitava cortiços, hospitais e delegacias, para checar as denúncias relatadas, e depois divulgava nas redes sociais. As páginas da Ogum Alagbedê no Twitter, Facebook e Instagram começaram a ter milhares de seguidores, e logo Jorge precisou ampliar a equipe, para dar conta do recado. Era um redemoinho-de-horror-horrores que chegava até a agência. Conceição pensava que agora eles não estavam fazendo apenas um imenso arquivo da desumanidade, mas uma ação política, dar voz aos-do-rés-do-chão, aos nebulosos-cinzentos-sem-face-e-sem-voz.

A primeira notícia divulgada pela agência que teve repercussão foi o caso de um menino-índio, um pataxó hã-hã-hãe, que gravou um vídeo relatando o que aconteceu em sua aldeia, no sul da Bahia, no município de Camamu.

Ali vivia uma mulher, que era sua avó e sacerdotisa dos cultos ancestrais, que guardava os mitos e ritos da tribo, curava doenças, dava conselhos, ensinava as histórias e cantos sagrados. No início de novembro, a aldeia em que moravam foi invadida por missionários evangélicos, armados, que vieram de São Paulo e Rio de Janeiro e que desejavam converter os índios à sua fé. Os pataxós tentaram explicar aos eles-de-fora-que-chegaram-sem-avisar que já tinham sua religião e não precisavam de outra. Eles não queriam renegar os seus deuses para adorarem outro deus, que nem sabia dançar.

– Pataxó é água da chuva batendo na terra, nas pedras, indo embora para o rio e o mar, disse a eles um idoso. Quem vier aqui de boa intenção, sente conosco, coma de nossa comida, assista à dança toré-awê, à corrida de toras, respeite nossos costumes.

Aqueles-que-não-foram-convidados, porém, não gostaram das palavras-de-coração-dos-filhos-das-gotas-de-chuva, ficaram furiosos e agrediram várias pessoas da tribo. A velha-ela-aquela-que-sabia-todas-as-rezas-e-cantos tentou dialogar com os pastores, mas foi espancada, teve costelas quebradas, dedos moídos, olhos cegados, numa cena trevosa. Os eles-e-elas-da-tribo, os-velhos-moços-meninos-meninas, viraram bakirás-furiosos, tentaram impedir tanta crueldade, mas aqueles-que-vieram-de-fora-da-mata tinham armas de fogo e balearam os hã-hã-hãe, os-eles-aqueles-que-levam-bambu-nos-beiços, os-eles-aqueles-que-rezam-a-niamisu.

O menino-índio-aquele chamou a polícia, pelo telefone celular, mas quando as viaturas chegaram, aqueles-que-usam-uniformes-da-morte protegeram os missionários, que foram embora, no assim-assim-da-impunidade, e atacaram os índios com spray de pimenta, balas de borracha e gás lacrimogênio, muitos ficaram sangrados-machucados.

A cena toda foi gravada em vídeo pelo índio-menino-aquele-lá-atrás, publicado no site da agência Ogum Alagbedê. A velha-senhora-agora-cega-e-mutilada foi levada ao hospital da cidadezinha e ficou tempo excessivo na fila do pronto-socorro; conseguiu sobreviver, apesar do descaso-desprezo do médico branco que a atendeu, mas ficou com a saúde frágil. Agora, ela teria de iniciar outra mulher pataxó, que por sua vez iniciaria suas filhas e netas, e-assim-no-além-do-tempo, enquanto existirem terra, mar e céu.

Esta foi a história contada pelo menino-índio-pataxó-aquele.

* * *

Noite-chuvosa-noite-sem-estrelas-com-finas-lâminas-de--água; o senhor pense em águas-metálicas-em-águas-ofídicas--em-águas-furiosas-de-chuva-cutelo-catana-tensão.

Jorge ofereceu carona a Conceição. Seria difícil ir da Ladeira da Barroquinha até a rua Tingui com aquele aguaceiro-temporal-trovoada.

A menina-da-lagoinha aceitou, agradecida, e eles fizeram o trajeto de carro mudos, como dois parvos. As janelas de vidro escuro, embaçadas, turvavam a vista da cidade, convertida em manchas informes, em borrões líquidos.

Jorge dirigia o volante e pensava em amores passados, em coxas tatuadas, na lua sobre a branca cachoeira, em passos nas areias do Abaeté.

As imagens surgiam turvas, misturadas; ora ele se lembrava de um passeio de mãos dadas, numa praça ensolarada, ora de um olho egípcio tatuado no ombro, ora da pele, peitos e pés de uma moça-de-mel que o trocou pelo moleque-tempestade.

O senhor imagine essas dores.

Conceição, sentada ao lado de Jorge, sentia aquele pavor-labirinto, aquela aflição úmida, que silenciava e cortava por dentro. Nenhum dos dois sabia o que dizer.

Até o carro falar; no meio do caminho, um pneu furado, como se fosse atingido por uma pedra-de-raio de Xangô; lâminas líquidas inundavam a rua, mas Jorge desceu do carro, abriu o porta-malas e pegou o macaco, para trocar o pneu, debaixo da chuva.

Conceição nada sabia sobre trabalhos mecânicos, mas tirou os sapatos, saiu do carro e foi ajudar o ferreiro-malhador. Ambos ficaram ensopados, após finalizarem a proeza; a moça, com os cabelos mudados em rios, o vestido curto grudado no corpo, com os mamilos quase visíveis sob o fino tecido; ele, suado pelo trabalho, a camisa meio aberta, a testa pingando, o corpo todo estranhamente trêmulo e radiante.

Antes de dar a partida no carro, Jorge olhou para o rosto úmido de Conceição, como se a visse pela primeira vez; notou os seus lábios-olhos-orelhas, o pescoço de gazela africana, os ombros, os magros braços que pareciam ter sido talhados em mármore negro; e então ele não viu mais nada, abraçou a moça, beijou sua boca, passou as mãos por seus mamilos, em um momento talvez breve que durou por toda eternidade.

* * *

Águas-de-Oxum caíram das nuvens negras do céu sobre Jorge e Conceição, que se amaram brutais como dois animais, um-no-dentro-e-no-fora-do-outro, seios e braços, coxas e pés misturados como as ondas nas águas do rio. Ela bebeu o amante, sua pele-negrume, seu esperma-brancura-amarume, bebeu os olhos dele, com uma sede que não tem fim. Ele mergulhou nos desenhos moventes da pele da amada, espraiados em suas costas, braços e bunda, no abebé tatuado em suas tetas e nas estrelas impressas nos pequenos pés. A moça-da-lagoinha estava imersa no mano dos metais, no ele-o-irado, com uma alegria nova, uma alegria de águas de lagoa transbordando na areia das margens. Ela dormiu na casa de Jorge, e na manhã seguinte foram juntos para a agência, a pele de um ainda com o cheiro da pele do outro, eles-os-dois-mudados-transmutados, como se fosse por feitiço de Logunedé. Voinha Nanã cantava para mim o oriki desse orixá, nas noites de tempestade: *"Logunedé / leopardo-menino- / aquele-que-nasceu- / numa-pétala- / de-flor- / Logunedé / leopardo-menino- / beleza-preta- / senhor-de-toda- / a-beleza- / Logunedé / leopardo-menino- / filho-d'Oxum- / pesca-nas-águas- / d'Oxum", assim era o canto de voinha. Mais adiante, na cantiga, ela cantava: "Logunedé / leopardo-menino- / muda-de-forma / em-todas-as-formas- / Logunedé / leopardo-menino- / vira-lua-pavão- / e-água-do-rio- / Logunedé / leopardo-menino- / vira-onça- / poesia-estrela- / tempestade / faz-o-baobá- / virar-formiga- / e-a--formiga- / virar-centelha"*. Por feitiço de Logunedé, Conceição e Jorge estavam agora transformados um no outro, os dois em uma única água-de-cascata, em amor de amor.

* **

O senhor sabe que a malvadez nunca anda sozinha, ela sempre caminha com a reinação da diabrura, com a traquinice da ruindade. Todos os dias, a agência recebia novas denúncias do hediondo, do horrendo, do horrífero. Agora, a agência Ogum Alagbedê recebeu outra informação, apresentada por uma estudante de catorze anos, que estudava numa escola pública, num subúrbio de Salvador. Ela relatou, em mensagem de voz enviada por *whatsapp*, que a diretora de sua escola descobriu que uma professora, nega-de-cabelo-pichaim, namorava com seu filho mais velho, ele-o-maranhense, ele-o-bisneto-de-holandeses, rapaz comprido de olhos azuis e cabelos-cor-de-palha. A diretora, furiosa, quis fazer com que o filho terminasse o namoro, mas ele se recusou, disse que se casaria com a preta-magrela-de-pernas-de-pau, como a mãe chamava a pitéu-pretume, a escrava-putana-cadela-de-satanás. Enlouquecida, a mãe-do-ele-deserdado entrou na sala, durante uma aula da moça, chamada Sirlene, e a ofendeu com todos os nomes feios que sabia; ela-a-outra-bisneta-de-escrava ouviu em silêncio, sem acreditar no que estava ouvindo; então, a mãe injuriada deu-lhe um forte tapa no rosto, que fez a moça cair, e a puxou pelos cabelos até a sala do recreio, onde a espancou mais; disse que iria chicoteá-la, amarrada num tronco, como merecia a gente dessa raça desgraçada, se chegasse perto do rapaz novamente. Os alunos viram tudo, e não fizeram nada; os professores viram tudo, e não fizeram nada; os seguranças e pessoal da faxina viram tudo, e não fizeram nada. A professora foi demitida da escola, por justa causa; alegação da diretora é que a moça tentou agredi-la, e não o contrário. Sirlene, revoltada, apresentou queixa, mas o delegado chamou-a de piranha-vagabunda-de-cabelo-ruim, e ameaçou-a de prisão, se ela continuasse a importunar a diretora ou seu filho. E assim terminou a história. Só que não acabou. Sirlene foi morta, um mês depois, e o corpo atirado num matagal, perto da escola, onde foi encontrado por três estudantes, entre eles a menina que apresentou o relato.

As costas de Sirlene, vermelhas, foram chicoteadas.

* * *

Conceição publicou a história no site da agência, com o relato da menina, as fotos que ela tirou com o celular do corpo disforme da professora, e o caso chocou a cidade. A diretora, ela-aquela-filha-de-capitão, não quis fazer nenhum depoimento e ameaçou processar a agência. O delegado informou que investigava a morte de Sirlene, mas criticou o sensacionalismo em torno do caso. A página da Ogum Alagbedê começou a receber centenas de comentários de internautas, com ofensas e discursos de ódio; havia inclusive ameaças de morte contra Conceição. Um ele-marrano-moncoso-tetérrimo escreveu o que faria com ela: que seria espancada, estuprada e jogada no meio do mato, pois isso é o que merecem as pretas, as putas, as vadias. Um-ele-outro-ou-o-mesmo-encardido-tetro-temerso escreveu em detalhes, num comentário, o que faria com a moça, quando a pegasse; que aplicaria choques elétricos em sua vagina e seios, que a sangraria com rabo de boi, que cortaria a ponta de seus mamilos com tesoura e a enrabaria com um cabo de vassoura, até ela pedir para morrer. Somente então seria amarrada no tronco e chicoteada até a morte. Então, seu corpo seria atirado aos cachorros, num matagal nos fundos da fazenda. O senhor acredite, esse foi o comentário que o internauta nefário-nefando-facinoroso escreveu para a moça-da-lagoinha.

* * *

Ela-a-filha-de-Oxum ficou alvoroçada-entristecida, em tremor-de-cismas. Sentia o ar gelado, como o vento--frio-que-sopra-nas-águas-da-lagoa. Aquela-que-dança--com-abebé mal conseguia acordar, sair da cama, ir trabalhar. Tinha sonhos ruins à noite, e medo de ser perseguida pelo danoso. Desconfiava de tudo, de todos. Olhava sempre para os lados, quando caminhava na rua, à espera de alguma barbaridade. Ela poderia ser sequestrada, torturada, morta. Jorge tentou confortar a moça assustada. Deu para ela, de presente, uma faca de aço japonesa, tantô, para ela guardar na bolsa. O mano-dos-metais passou a buscá-la de carro em casa todos os dias, para levá-la até a agência, e depois a trazia de volta, atencioso, afetuoso. Deixou a oficina, seu negócio, aos cuidados do sócio, Pedro Paulo, e ficava em tempo integral na agência Ogum Alagbedê. Nos intervalos do trabalho, Jorge levava Conceição a uma clínica de acupuntura e shiatsu, para aliviar o seu estresse, e uma vez por semana os dois frequentavam o Templo de Umbanda Ogum Beira-Mar, onde a moça recebia passe e prescrição de banho de ervas. O trabalho de campo da agência, as visitas a hospitais e delegacias, Jorge delegou a outras pessoas. Aos poucos, a moça foi voltando à sua paz-de-águas-doces.

E o afeto por Jorge crescia, como o verde-musgo nas pedras que circundam as margens da lagoa.

* * *

Era a loucura-só-loucura, o senhor sabe. O país necrosado. Todos os dias, novas atrocidades. Como chegamos a isso? Pergunte ao ifá de Orunmilá, talvez ele possa explicar em qual odu, em qual história mítica, estamos vivendo, em qual jornada arquetípica. Vivemos dias estranhos, de abismação, em que o caranguejo deixa de andar para trás, a borboleta se transforma em larva e volta para o casulo, o mar tem receio da areia e até o vento deixa de soprar e recua para trás da montanha. Tudo ao contrário, tudo doidice, tudo tresvariar de desatino. Havia um pasteleiro na rua da agência, Seu Leocádio, que fazia o melhor pastel de camarão de Salvador. Se não acredita em mim, pergunte ao João José, aquele que tem espinhas na palma do pé. Barraquinha do Leo-do-pastel sempre estava cheia, ele trabalhava com a esposa, ambos idosos. Preparavam a massa, o recheio, aqueciam o óleo, fritavam os pasteis no ponto e serviam os fregueses, na sempre-cordialidade. Pastel do Seu Leocádio, com o tempo, ganhou notoriedade: foi notícia em revista semanal, em sites, até numa matéria breve de televisão. Sucesso às vezes traz má sorte, dizia voinha Nanã; fuja do invejoso, do leproso e do ardiloso, dizia a preta velha, que mascava fumo e cuspia na escarradeira. Um dia, dois homens altos, corpulentos, foram tratar de assuntos com Seu Leocádio; disseram que ele devia pagar uma taxa de proteção, para não ter problemas no bairro. Na inocência, o pasteleiro mostrou seus documentos, a licença da prefeitura, estava tudo em ordem, ele não precisava pagar taxa adicional nenhuma. Os homens-aqueles falaram palavrões, olharam feio para o pasteleiro e foram embora. No dia seguinte, os dois homens altos e corpulentos, mais um terceiro homem, gorducho, de pequena estatura, voltaram para pedir a propina. Seu Leocádio estava na clínica do dr. Oswaldo, fazendo tratamento dentário. Em seu lugar, estava Ana Baiana, sua esposa, que conversou com os homens e disse que não sabia nada sobre isso, que seu marido não estava, não lhe contara nada e que ela não podia resolver o assunto. Além do mais, o caixa estava quase vazio, ela tinha acabado de montar a barraca. Os homens-aqueles-corpulentos agarraram Ana Baiana, socaram sua boca e barriga várias vezes, depois a seguraram por trás e o terceiro dos satanazes segurou as mãos da velha e as mergulhou no óleo fervente, até ficarem vermelhas como brasas. Um recado para Seu Leocádio. Amanhã, eles voltariam para receber a propina, agora, o dobro do combinado, ou em vez das mãos, queimariam o rosto da velha. Somos um país de monstros, de ogres, de valentões-quebra-ossos.

* * *

Ana Baiana foi atendida no pronto-socorro, muito machucada; a agressão foi noticiada na televisão, jornalistas perguntaram aos moradores o que sabiam sobre isso, mas ninguém falou nada, nadinha, nadica de nuncas, todos fizeram boca de siri, para evitar problemas. Dona Manuela, que tem um mercadinho de secos e molhados, porém, ficou revoltada com o crime medonho e procurou a agência Ogum Alagbedê, para contar tudo o que sabia. Seu filho, o Mariano, fizera parte daquele bando, até morrer num tiroteio. O nome da milícia era Caveira Zero Sete, e seus membros eram traficantes e ex-policiais militares, que extorquiam dinheiro dos comerciantes. Quem não pagava, apanhava. Dona Manuela mostrou tudo o que achara no computador do filho morto: caderneta com nomes e telefones de integrantes da milícia, relatórios de recebimento das propinas e outras provas. Tudo foi fotografado e publicado no site da Ogum Alagbedê e depois as provas foram entregues na delegacia do bairro. Os homens, aqueles-os-três, foram presos, e outros estavam sendo procurados. A população, revoltada, quis linchar os criminosos, antes do julgamento dos cães-dos-diabos. Revolta na cidade foi imensa. Povo queria o fim das milícias. Malditos-malditos-malditos!

* * *

Conceição estava cada vez mais assustada com as ruindades-de-bode-preto-dos-asmodeus, dos eles-abominosos. Os canhotos, os chavelhudos, os juruparis. Crime de cramulhão, o senhor sabe, quase nunca é punido. A moça-da-lagoinha, desgostosa, não sentia mais nada que a prendesse em Salvador, além do afeto de Jorge. Pensava em sair da Bahia, do Brasil, e viver em outra-qualquer-parte-longe-dali, algum país onde houvesse respeito, decência, civilidade. O mano-dos-metais discordava da companheira, ela-a-amada; dizia que eles deveriam ficar no-meio-do-redemoinho-no-olho-do-furacão, para lutar contra os tinhosos-canhoteiros-mafarricos. Ele-o-irado não sentia medo. Ela calava, por amor ao amado, mas tinha pressentimentos, pesadelos. A cabra de sua tia Maria Ipondá nasceu sem cabeça, nem rabo; o que era aquilo, o senhor já viu uma coisa dessas? É possível, algo assim? Seu quarto, numa noite de calor insuportável, encheu-se de vespas; algum moleque-de-rua pode ter atirado pedras no ninho, e elas voaram para dentro da casa, é verdade. A estranheza do acontecido é que todas as vespas, umas dez, pousaram na cama de Conceição, em uma única linha reta, em perfeita simetria, e apenas três vespas pousaram ao lado das demais, em uma linha menor, paralela, formando um desenho, um aviso? E o forte cheiro que ela sentiu no quarto, como se fosse uma fossa aberta. A moça-da-lagoinha chamou um uber e foi para a casa de Jorge, passar a noite com o namorado. Ela sentia falta do ar livre, das cachoeiras, de namorar e passear nas margens do rio, longe de tudo aquilo. Jorge sugeriu uma viagem: iriam ao Caribe, conhecer Cuba, Jamaica, Martinica, depois decidiriam o que fazer de suas vidas. Conceição concordou, mas ainda pressentia que algo horrível iria acontecer. A loucura-só-loucura se espalha no país como lepra.

* **

O carnaval estava próximo e a moça-da-lagoinha iria desfilar no Afoxé Filhas de Oxum, paramentada como a senhora das águas doces, com vestido amarelo rendado, coroa e leque-espelho, ao lado da yalorixá. Toda semana, ela ia aos ensaios do bloco, que desfilava nas ruas do centro histórico de Salvador, cantando cantos yorubás. Ela ficava feliz em dançar o ijexá, com um ramalhete de rosas amarelas nas mãos. Esta era a Bahia, nascida dos negros, índios, mestiços, não o reich nazista que alguns desejavam impor pela violência. Esta era a Bahia de todos os orixás, das baianas que vendem cocada, rodas de capoeira, barracas de acarajé, blocos de rua, a-beleza-que-sopra-a-beleza. Pouco antes do carnaval, aconteceria o casamento de Tiãozinho, e Jorge foi convidado para ser padrinho, e Conceição, madrinha. O senhor não se espante, não faça essas caras, essas bocas, vou contar toda a história, o senhor agora preste atenção.

O mano-das-matas, Tião-Bastião-Tiãozinho, o senhor se lembra, foi viver com Zanha-Ossanha, o bruxo de três pernas, que são duas pernas, que não são uma só perna, numa cabana depois-do-escuro, em Santo Amaro da Purificação. Viveu ali com o namorado, em carinhos-de-rede-e-cachaça-no-sem-motivo-para-coisa-nenhuma. Mãe Janaína não perdoou o sumiço do filho, e mergulhou na tristeza. Jorge tentou fazer o mano-flecheiro desistir do namorico com o caboclo-das-folhas, mas ele estava encantado, em amor-de-amor. Desde então, não se ouviu falar mais dele, o negro fugido, até que a mãe e os manos receberam um convite de casamento, que deixou todos atordoados. Pois o senhor acredite: Tião-Bastião-Tiãozinho ia se casar, com juiz de paz e no papel-passado, com Zacarias Ossaim, o

Zanha-Ossanha, na capela do Convento do Carmo, em Salvador, uma construção barroca do século XVII, de imensa beleza, transformada em hotel. A capela conservava o seu estilo original, os ladrilhos portugueses brancos e azuis, as janelas de madeira pintadas de verde, o chão de tábuas, a mesa japonesa lavrada do período namban, os castiçais de bronze, o altar todo branco, com detalhes dourados e azuis, o senhor precisa ver. Janaína recebeu o convite para o casamento, rasgou, disse que não iria, não queria saber, não era mais filho dela, que ele fizesse o que bem entendesse. Os manos todos tentaram convencê-la a mudar de ideia: Jorge, Jerônimo, Lazinho falaram com mainha, disseram que era momento de conciliação, de paz amorosa, que ela esquecesse o passado, aceitasse o convite, fosse à cerimônia, abençoasse a união, ela-cujos-filhos-são-como-peixes. Janaína relutou até o último dia: então, no dia do casamento, entrou na capela, com o seu vestido longo azul, os cabelos pretos lisos, a tiara em forma de estrela, e após muito tempo viu, ouviu e abraçou o filho e o genro, agora os três reconciliados. A capela estava toda decorada com pétalas de rosa brancas e azuis, e fitas coloridas de Nosso Senhor do Bonfim foram colocadas na fechadura do portão da capela. A cerimônia foi breve, simples, ao som de cantos e atabaques, e no final Janaína abençoou os noivos com as bênçãos-do-mar-de-sal. Conceição, vestida de amarelo, e Bárbara, vestida de vermelho, também estavam ali, bem como os irmãos do noivo, Jorge e Jerônimo, que mal se olharam; esta foi a última vez que a família se encontrou reunida, antes do pesadelo.

VII

Janaína entrou na capela do Convento do Carmo com o seu vestido longo azul, os cabelos pretos lisos, a tiara em forma de meia lua, para o casamento do filho Tiãozinho, que deixou a casa azul-turquesa do Sítio Alaketu, em Santo Amaro da Purificação, para viver com Zanha-Ossanha. Ela entrou na capela caminhando em passos lentos, suaves, como se dançasse um pouco acima do chão, foi até os noivos, na frente do altar, abraçou e perdoou o filho e o seu companheiro, depois abraçou Jorge, Lazinho e Jerônimo, e esta foi a última vez que ela se encontrou com os seus filhos. O pesadelo que se abateu no Brasil, com o crescimento da loucura-oh-loucura, levou Jorge e Conceição ao exílio, em Portugal. Depois de desfilar em Salvador, no afoxé Filhas de Oxum, a moça-da-lagoinha convenceu o namorado a irem morar no exterior. O mano-dos-ferros vendeu sua parte na oficina para o sócio, Pedro Paulo, fechou o escritório na Ladeira da Barroquinha e manteve a agência Ogum Alagbedê como um portal de notícias, com colaboradores voluntários. Com as suas economias, alugou um sobrado ajardinado todo pintado de amarelo próximo à Praça Eduardo VII, em Lisboa, e ali está vivendo com a moça-que-dança-nas-lagoas-de-água-doce. O senhor pergunta por que, como isso aconteceu, o que levou eles-esses-dois a tomaram essa decisão, então escute.

Conceição desfilou com o afoxé, no primeiro dia do carnaval; o bloco percorreu o centro histórico do Pelourinho, espalhando o axé de Oxum por toda parte, passando pelas igrejas de São Pedro, Santo Antônio, São Francisco e outras igrejas e construções da época colonial até a Ladeira do Carmo, onde finalizaram o desfile com uma grande batucada de atabaques, agogôs, agbês e xequerês. Todos os passantes do bloco estavam vestidos de amarelo e branco, turbantes amarelos e brancos, saias rendadas amarelas e brancas, camisas amarelas e brancas, sapatos amarelos e brancos, axé-de-oxum-amarelo-e-branco. Conceição ria-e-ria risadas da yabá, cantando e dançando o ijexá, ria-e-ria risadas da yabá, dançando o ijexá e cantando o axé de Oxum Apará. Depois do desfile, cansada, a moça foi para a casa de mainha, na rua Tingui, para tomar banho, deitar, dormir e continuar a festa amanhã e depois de amanhã, enquanto a baiana conseguir cantar, dançar e girar. Na manhã seguinte, porém, a guria-preta-do-corguinho recebeu pelo correio uma caixa de papelão embrulhada em papel de presente azul, com lacinhos de papel de seda. Ela abriu o presente e encontrou no interior da caixa três dedos humanos recém-amputados de alguém-não-se-sabe-quem, três dedos de mulher, com as digitais cortadas a faca, e um pequeno envelope cor-de-rosa que continha um bilhete em papel perfumado, com uma única palavra escrita em cor-de-sangue: SUMA!

A menina-da-lagoinha, horrorizada, com as mãos trêmulas, pegou o celular e ligou para Jorge, que estava na oficina. O recado do bilhete era claro. Alguém queria matá-la, por seu trabalho na agência de notícias, e seria no cutelo, no flagelo, na crueldade. A Ogum Alagbedê pagaria por sua insolência, por dar visibilidade aos invisíveis, por dar voz aos-que-não-têm-voz, aos eles-os-outros, eles-ninguéns. Jorge compreendeu a mensagem e prometeu proteger a companheira. Disse a ela que fosse ao Rio de Janeiro, passar alguns dias na casa da tia Aparecida, enquanto ele resolvia demandas. Foi o tempo para liquidar os negócios em Salvador, tirar passaporte e comprar passagens aéreas. Eles embarcaram para Lisboa, no ali-lá-longe-mais-adiante-e-depois. Decidiram ficar na cidade-onde-o-rio-tejo-flui enquanto durasse a loucura-oh-loucura, prosseguindo à distância com o trabalho da agência, que tanto incomoda eles-os-asmodeus-eles-os-furiosos. O mano-dos-metais e a menina-das-cachoeiras voltariam a pisar nas areias brancas do Abaeté quando a loucura cessasse e a sanidade voltasse. Tudo flui, disse um grego, tudo é rio corrente, e um dia haveria a paz no país doente.

Lazinho-Zico-Ziquinho, o médico-das-palhas, resolveu sair de Salvador e foi morar e trabalhar numa aldeia de pescadores, no sul da Bahia, chamada Yemanjá Malelé. Ele estava cansado de tudo, o médico-das-palhas, aquele-que-usa-chapéu-de-palha, aquele-que-fuma-cigarro-de-palha; ele queria estar no lá-longe-de-tudo, aqui-perto-aqui-dentro, cuidando dos remadores de Yemanjá num lugarejo pobre, desassistido. Ele ficaria no aqui-não-se-sabe-onde, no longe-que-é-toda-parte, aguardando a hora certa para voltar, quando as ondas-de-espuma-branca voltassem a bater nas areias da praia, sem as manchas escuras da maldade. Esta foi a decisão dele.

O senhor pergunta sobre o moleque-trovoada e a menina-ventania, onde eles estão e porque eu, João Mojubá, continuo aqui, em Salvador, na esquina da rua Gregório de Matos, com meu saco de tralhas e os meus cães, pedindo esmolas e aguardando pela volta deles, do meu mano e sua mina. Contarei tudo o que sei, por favor, escute. Jerônimo, o senhor sabe, estava em São Paulo, vivendo com Bárbara em um apartamento na avenida São Luís, pertinho da Ipiranga. Ele trabalhava num escritório de advocacia na rua São Bento, no centro antigo da cidade, e ela dava aulas de dança afro, até ser convidada a integrar um grupo de dançarinas negras, que participaria de uma peça musical sobre a revolta dos malês, num teatro da Praça Roosevelt. Ela ficou encantada com a ideia e durante meses ensaiou com a companhia de dança, enquanto Jerônimo dava assistência jurídica a um grupo de famílias sem-teto que ocupavam um prédio abandonado no centro da cidade. Até que um dia a polícia invadiu o prédio, para colocar todo mundo na rua. Jerônimo interveio, quis conversar, evitar violência desnecessária, conseguir um acordo, mas foi espancado com cassetetes e levado preso, assim-no-sem-motivo, no arbitrário mesmo.

Bárbara, quando recebeu a notícia, ficou furiosa, como o vento de inverno. Na estreia da peça, ela-dandara-ela-a-filha-de-yansã leu um manifesto de protesto, assinado por muitos artistas, contra a censura, a violência, o machismo, o racismo e toda a loucura-oh-loucura que se abateu no país, exigindo a libertação de Jerônimo e outros presos políticos. Havia membros do grupo fascista OS PATRIOTAS na plateia, e o resultado foi um tumulto-oh-tumulto-quebra-quebra-corre-e-corre, com a depredação do teatro e o espancamento de atores e dançarinas, um horror-de-belial, um horror-de-balam, um horror-de-astaroth, tristeza-só-tristeza, que ficou na impunidade, no isso-por-isso-mesmo. Jerônimo continua preso, ele-o-homem-de-leis, nas sem-razões-do-sem-motivo. Bárbara vai visitá-lo, procura animá-lo, mantê-lo esperançoso, até o dia de meu mano ganhar a liberdade. Os estudantes da Faculdade do Largo de São Francisco montaram um acampamento de vigília, num jardim próximo ao presídio, e diversos artistas e intelectuais brasileiros visitaram o local, para levar a sua solidariedade ao jovem negro-vermelho, ele-o-filho-de-Xangô. Um dia, esse inferno terá fim, pela justiça do alafim, o senhor acredite. E mainha Janaína? Ela continua na casa azul-turquesa do Sítio Alaketu, chorando, esperando pela volta de seus filhos. O que o senhor não sabe, ele-o-segredo, aquilo que não foi dito, é que eu, João Mojubá, sou o quinto filho de mainha Janaína, aquele-que-abandonou-a-casa, aquele-que--caiu-no-mundo, ele-o-maldito, ele-que-só-traz-o-desgosto. Eu sei que um dia Jerônimo sairá da prisão, voltará a Salvador, com Bárbara, e eu espero por eles aqui, todos os dias, sentado neste meu canto na calçada. Quando ele voltar, terminará a minha penitência, o meu castigo, a minha sina. Poderei abraçar o meu mano e sua mina, em braços-de-abraços, e juntos visitaremos nossa mãe, em Santo Amaro da Purificação, e eu pedirei o seu perdão. Isso acontecerá, o senhor acredite, pois quem me disse foi Exu Osijê, aquele-que-tudo-sabe-e-tudo-vê.

Axé!

SOBRE O AUTOR

Claudio Daniel, pseudônimo de Claudio Alexandre de Barros Teixeira, é poeta, tradutor e ensaísta. Nasceu em 1962, em São Paulo (SP), onde se formou em Jornalismo pela Faculdade de Comunicação Social Cásper Líbero. Cursou o mestrado e o doutorado em Literatura Portuguesa na Universidade de São Paulo (USP), onde defendeu a tese *A recepção da poesia japonesa em Portugal*. Realizou o pós-doutoramento em Teoria Literária pela Universidade Federal de Minas Gerais (UFMG).

Foi diretor adjunto da Casa das Rosas, Espaço Haroldo de Campos de Poesia e Literatura, em 2007, curador de Literatura no Centro Cultural São Paulo entre os anos de 2010 e 2014 e colunista da revista CULT. Sua obra poética foi traduzida parcialmente para o inglês, espanhol, italiano e japonês.

Em 2001, recebeu o prêmio Redescoberta da Literatura Brasileira, oferecido pela revista CULT. Em 2007, foi selecionado para o Programa Rumos Literatura, promovido pelo Itaú Cultural, e em 2009 recebeu a bolsa de criação literária oferecida pela Funarte.

Organizou os eventos literários internacionais *Galáxia Barroca* e *Kantoluanda*, em 2006, em São Paulo, e foi um dos curadores do festival *Tordesilhas, Festival Ibero-Americano de Poesia Contemporânea*, realizado em 2007, na cidade de São Paulo, e do *Tordesilhas, Poetas de Língua Portuguesa*, realizado em 2010, em Lisboa. Em 2020, participou do evento Templo d'Escritas – I Festa Literária Internacional da Língua Portuguesa

Participou de diversas antologias, nacionais e internacionais, como *Pindorama, 30 poetas de Brasil*, organizada e traduzida por Reynaldo Jiménez (Buenos Aires: *Tsé Tsé*, 1998), *New brazilian & american poetry*, com seleção e tradução de Flavia Rocha e Edwin Torres (New York: *Rattapallax* n. 9, 2003), *Cetrería, once poetas brasileños*, preparada por Reina María Rodríguez (Havana: Casa de Letras, 2003), *Antologia comentada da poesia brasileira do século 21*, organizada por Manuel da Costa Pinto (São Paulo: Publifolha, 2006), *Alguna poesía brasileña*, com seleção e apresentação de Rodolfo Mata e Regina Crespo (Cidade do México: editora da Universidad Nacional Autónoma de México, 2009), *Roteiro da poesia brasileira: anos 90,* preparada por Paulo Ferraz (São Paulo: Global, 2011), entre outras.

Atualmente, é editor da revista eletrônica de poesia e debates *Zunái* (www.zunai.com.br), do blog *Cantar a Pele de Lontra* (http://cantarapeledelontra.blogspot.com) e ministra aulas no Laboratório de Criação Poética, curso realizado à distância, via internet.

Livros publicados:

Poesia:
Sutra (edição do autor, 1992)
Yumê (Ciência do Acidente, 1999)
A sombra do leopardo (Azougue, 2001)
Figuras metálicas (Perspectiva, 2005)
Fera bifronte (Lumme Editor, 2008)
Letra negra (Arqueria, 2010)

Cores para cegos (Lumme Editor, 2012)
Cadernos bestiais, volume I (Lumme Editor, 2015)
Esqueletos do nunca (Lumme Editor, 2015)
Livro de orikis (Patuá, 2015)
Cadernos bestiais, volume II (Lumme Editor, 2016)
Cadernos bestiais, volume III (Lumme Editor, 2016)
Fuyú, poemas de inverno (primeira edição, Espectro editorial, 2017; segunda edição, Córrego, 2020).
Cadernos bestiais, breviário da tragédia brasileira (Lumme Editor, 2018)
Portão 7 – Cem haikus (Lumme Editor, 2018)
Fiore occipitale è il nome della testa (Lumme Editor, 2019, antologia bilíngue, português-italiano, com traduções de Alessandro Mistrorigo.)
Cadernos do rio vermelho (Galileu Edições, 2020)
Marabô Obatalá (Kotter, 2020)

E-book:
Marabô Obatalá (Leonella Editorial, 2017, http://amzn.to/2GEy3Yp)

Em Portugal:
Escrito em osso (Cosmorama, 2008)
Antologia da poesia brasileira do início do terceiro milênio (07 Dias, 06 Noites, 2008)
Marabô Obatalá (Kotter, edição portuguesa, 2020)

No México:
Yumê. Tradução: Victor Sosa (Calygramma, 2014)

Ficção:
Romanceiro de dona Virgo (contos, Lamparina, 2004)
Mojubá (romance, Kotter, 2020)

Tradução:
Geometria da água e outros poemas, de José Kozer (Fundação Memorial da América Latina, 2000, em colaboração com Luiz Roberto Guedes)

Estação da fábula, de Eduardo Milan (Fundação Memorial da América Latina, 2002).
Madame Chu e outros poemas, de José Kozer (Travessa dos Editores, 2003, em colaboração com Luiz Roberto Guedes)
Prosa do que está na esfera, de Leon Felix Batista (Olavobrás, 2003, em parceria com Fabiano Calixto).
Jardim de camaleões. A poesia neobarroca na América Latina (Iluminuras, 2004).
Sunyata e outros poemas, de Victor Sosa (Lumme Editor, 2006).
Shakti, de Reynaldo Jiménez (Lumme Editor, 2006).
Íbis amarelo sobre fundo negro, de José Kozer (Travessa dos Editores, 2006, em colaboração com Luiz Roberto Guedes e Virna Teixeira).

Antologias:

Na virada do século, poesia de invenção no Brasil (Landy, 2002, em colaboração com Frederico Barbosa).

Perfectos extraños. seis poetas de Brasil. Antologia de poetas brasileiros contemporâneos, em versão bilíngüe, com traduções ao espanhol por Eduardo Milan (revista *El Poeta y su Trabajo* n. 15, Primavera / 2004, México).

O arco-íris de Oxumaré. Antologia de poetas brasileiros contemporâneos, em versão bilíngüe, com traduções ao espanhol por Reynaldo Jiménez, Manuel Ulacia e outros (revista *Homúnculus* n. 3, Verão / 2004, Peru).

Todo comienzo es involuntario. Ocho poetas jóvenes brasileños. Antologia bilíngüe com traduções de Leo Lobos (revista *El Navegante* n. 2, Verão, 2007, Chile).

Ovi-Sungo, Treze Poetas de Angola (Lumme Editor, 2007).

El ornitorrinco naranja (Lumme Editor, 2014)

Poemas para a Palestina (Patuá, 2014)

Na internet:

Zunái, Revista de Poesia e Debates: www.revistazunai.com.br ("primeira dentição"); www.zunai.com.br ("segunda dentição"); www.http://revistazunai.org ("terceira dentição");

Cantar a Pele de Lontra (blog), http://cantarapeledelontra.blogspot.com

pólen soft 80 gr/m2
tipologia adobe caslon pro
impresso no outono de 2021